恋する遺伝子
～嘘と誤解は恋のせい～

小林典雅

白泉社花丸文庫

恋する遺伝子　～嘘と誤解は恋のせい～　もくじ

イラスト／小椋《おぐら》ムク

恋する遺伝子

昔からチャレンジャーなところがある。

常識や既成概念を重んじる人なら躊躇《ちゅうちょ》するような選択肢でも、自分の直感が「そうすべきだ」と告げるなら、迷わずそれをチョイスしたい性分だ。

自分を魅了したアングラ劇団に入るために在籍していた最高学府を中退した時も、さして悩まず即決してしまったが、別段後悔はしていない。

人生がいつまで続くか定かじゃないのに、せっかく見つけたやりたいことに挑戦せずに無難な生き方を選ぶなんてつまらない。

自分の見たい景色がなさそうな安全な舗装道路より、その先に心を掴《つか》むなにかが欠片《かけら》でも見えるなら、障害だらけの獣道のほうが楽しんで進める気がする。

傍《はた》からはただの考えなしの無鉄砲な破滅型としか思えないかもしれないが、他人から合格判定をもらうために生きてるわけじゃない。

選択ミスかベストチョイスかは自分が決める。

いつ人生最後の日を迎えても、「今やるべきだと思ったことは全部精一杯やった」と笑って言える生き方がしたいだけだ。

だから六車《むぐるま》騎一《きいち》は目の前の初対面の二人に向かって言ったのだ。

「……わかった。そんならその受精卵、自分の腹で俺が産む」

＊＊＊＊＊

話は数日前に遡《さかのぼ》る。

「……騎一、俺、まだ千花《ちか》がマジで行っちゃったなんて信じられないんだけど……まさかハリウッドなんて……」

幹線道路に面したビルの二階にある劇団『シベリアブリザード』の稽古場《けいこば》で、休憩時間に壁に凭《もた》れて隣に座った高山《たかやま》が憂い顔でぼそりと言った。

シベリアブリザードに入団するには演技力のほかに熱意と容姿も重視されるので、メンバーはみな貧乏だが顔の水準は高い。

マイナー劇団とはいえ看板を張っていた千花が先日、

「みんな、急な話で悪いんだけど、あたし今日でシベリアを卒業させてもらう。もう座長には話したんだけど、次のボンドガールをアジア系の女優から選ぶオーディションがあって、受けてみたいの。あたし、ほんとは子供の頃《ころ》からずっとハリウッド女優になるのが夢だったんだ。無謀は百も承知だけど、やれるところまで向こうで頑張ってみるから」と突然真顔で宣言した。

あまりの大風呂敷に新手の冗談だと思ったメンバー達は「おう、頑張ってこいよ」「千花の美貌《びぼう》と演技力なら夢じゃない」などとノリよく答え、ひとりひとりとハグして「今までありがと」と告げて回った千花は数日後に本当に渡米してしまったのである。

「……まさかあんな、ボンドガールなんて絶対ネタとしか思わないだろ、普通……。俺、長い冗談だな、オチはいつだよ、とか思いながら『元気でな』なんて、お別れの演技しちゃったのに……。おまえ、ちゃんと引き留めたのかよ、つきあってたんだろ？」

高山に咎《とが》めるように横目で睨《にら》まれ、騎一は首にかけたタオルで汗を拭《ふ》きながら肩を竦《すく》める。

たしかに千花とは男女の関係もあったが、お互いの情熱や素質を認め合う仲間意識のほうが強く、双方恋人という認識ではなかった。

もしハリウッドだのブロードウェイだの、途方もないことを言い出したのが自分のほうだったとしても、きっと相手も

「本気ならやるべきだと思う。一パーセントの可能性でも一〇〇パーセントの力でトライしたら、どんな結果でもきっと後悔なんてしないよ」

と同じ言葉で送り出してくれると思ったから、騎一は千花から相談を受けた時、全面的に

賛意を示した。

「千花が真剣に考えて決めたことなんだから、誰《だれ》にも止める権利なんてねえだろが。あいつは前から地道に英会話習ったり、こつこつ夢に向かって努力してたんだよ。無謀でも大風呂敷でも、まずやってみなきゃチャンスも摑めねえんだし、いつかほんとにシベリアブリザード出身のハリウッドスターが生まれるかもって、俺達は本気で信じてやろうぜ」

きっぱり言った騎一に高山は顔を曇らせる。

「……そりゃ俺だって、千花の本気は応援したいけど……。おまえは心配じゃないのかよ。ハリウッドなんて、そう簡単にいくわけないじゃん。それこそ世界中からスターを夢見る人間が大勢集まってんだし、もし奇跡的になんか役もらえたとしても、中国系とか韓国《かんこく》系の人気女優の身体《からだ》の吹き替えとかだったりさ、変なすけべったらしいプロデューサーの慰み者にされたりとか…マリリン・モンローだってジェームズ・ディーンだって下積み時代はさんざんお偉いさんのしゃぶらされたっていうし……」

青ざめる高山の額に騎一はびしっと手刀をお見舞いし、

「んな最悪のことばっか考えてたらなんもできねえだろ。簡単にいくわけねえことくらいあいつだって覚悟の上でやるっつってんだから、おまえがうだうだ言ってんじゃねえ。それにあいつはやすやすとやり逃げされるような奴《やつ》じゃねえよ。実力と捨て身の度胸と諦《あきら》めない根性がなけりゃ、どんな世界だって成功なんてしねえよ。フィギュアスケートの選手で、どうしてもペアで滑りたくて単身ロシアに渡って、努力と根性でロシア代表にまでなった選手だっているじゃんか。本気で夢を追いかけてる奴には、敵もライバルも多いだろうけど、味方になってくれる人も現れるし、きっと運やチャンスだっていつかやってくるはずなんだよ」

俺にだって座長とか結哉《ゆいや》とか味方がいてくれるし、と力説する騎一に高山がぼそっと突っ込む。

「……おまえは無理矢理《むりやり》味方になるよう強要してるんだろ。結哉くんがおとなしい後輩で逆らわないのをいいことに、迷惑も顧みずにたかりまくってるくせに」

嵯峨《さが》結哉は騎一の中学時代からの後輩で、実家が小金持ちのぼんぼんなので常に貧窮している騎一に気前良く食糧を提供してくれたり、公演のチケットを買ってくれたりするプチパトロン的存在である。たまに稽古場に差し入れに来てくれることもあるので劇団員達も結哉とは顔馴染《かおなじ》みだった。

「失礼な奴だな、んなカビか害虫みたいな言い方すんな。どっちかっつうと、俺はあいつんちの豊富な食材がみすみす腐ったり期限切れになる前にきっちり処理してやってる有能な生ゴミ処理機みたいなもんだ。別に無理矢理たかってるわけじゃなくて、あいつが俺の生き様に感銘を受けて自主的に食わしてくれてるんだぞ」

物は言いようだな、と呆《あき》れ顔《がお》で呟《つぶや》く高山を小突きながら騎一は続けた。

「それに俺はな、あいつにはちょっとやそっとじゃ返せねえくらいの恩を売ってんだ。俺が強力サポートしてやらなかったらあいつは好きな人と結ばれてねえんだし、俺が出世払いで返せるようになるまで食いもんくらい援助してもらったってバチは当たらねえよ」

内気すぎるゲイの後輩が隣人に一年も片想いしているのを見かねて、なんとかきっかけを作ってやろうと策を練り、偽《にせ》アンケートで接近する作戦を授けてやったのはつい最近のことだ。

普通に口をきける仲になれたら御の字のつもりだったが、思惑以上に大成功して無事カップルが成立し、我ながらプロデュース能力の高さに惚《ほ》れ惚《ぼ》れしたくらいである。

「ああ、結哉くんの恋人って、こないだ『肴《さかな》は炙《あぶ》った烏賊《いか》』の再演を一緒に観に来てくれた和久井《わくい》さんて人？　すげえ爽《さわ》やかで、おまえの素《す》っ頓狂《とんきょう》な偽アンケにころっと騙《だま》されるような、そんなどんくさい人には見えなかったけど」

座長がバイを公言しているせいか、結哉の恋人が男だという事実をたいして特別視せず受け入れている高山に騎一は手を振る。

「いや、あの人はかっこいいけど結構どんくさい。しかも最近かなりウザい。なんかもう、あいつらめちゃくちゃ鬱陶《うっとう》しいバカップルに成り果てちゃっててさ、和久井さんが隙《すき》あらば結哉といちゃいちゃしたがるみたいで、こないだも夕飯食わせてもらいに合鍵《あいかぎ》で中入ったらさ、キッチンテーブルでおっぱじめてるとこだった」

えっ！　と高山は目を剝《む》いて
「……嘘《うそ》、ヤバいじゃん、入ってっちゃったのかよ、そんな時に……」

と気まずそうな顔をする。

うん、としれっと頷《うなず》く騎一に高山は溜息《ためいき》をついて諭すように言った。

「もうおまえ、これからはピンポン押して結哉くんにドア開けてもらうまで外で待ってろよ。…おまえ、ちゃんと邪魔しないように見ないふりしてそっと出てったんだろうな？」

声を潜めて聞かれ、騎一はあっさり首を振る。

「え、別に。だって腹減ってたし、『よっす、構わねえからどうぞ続けて？　勝手になんか食うから』って冷凍ピラフでもチンしようと思って冷凍庫開けたらさ、また参っちまうことに中身の入った使用済みコンドームがきちっとジップロックに詰められて冷凍されてたんだよ」

「……は？」

聞き違ったのかというように片耳を向けてくる高山に騎一はコクリと頷いた。

「ガセでも誇張でもなく紛れもない事実なんだよ。結哉がやくみつる的な和久井さんグッズコレクターだってことは前から知ってたけど、まさかそこまで変質者とは思ってなかったからさ、俺も啞然《あぜん》としちまったけど。さすがに懐《ふところ》の大きい俺でも『こんなもんいちいち取っとくんじゃねえっ！　アイスや冷凍食品の入るスペースが減って邪魔だろがっ！』って思わず怒鳴っちまった」

　まったくマニアックな後輩を持つとほんとに疲れるぜ、ピラフに罪はねえから食ったけど、と騎一は溜息をつく。

「……いや、スペースの問題以前に、怒りポイントはそこじゃないから。結哉くんも可愛《かわい》い顔して完璧《かんぺき》に変態だけど、おまえもさ、よくそんなもんと一緒に冷凍されてるピラフを平気で食えるな。その神経が俺には理解できん……」

　異星人でも見るような目つきをされて、

「だって結哉は几帳面《きちょうめん》な変質者だから、きっと消毒とか衛生面はちゃんとしてるはずだし、精液も一応蛋白質《たんぱくしつ》だからギリギリ食いもんの範疇《はんちゅう》に入れてやってもいいかな、と思って。まあキモいけど、和久井さんの精液だったら究極に金に困った時に解凍して『高学歴高収入高身長のイケメンエリートトリーマンのものです』って精子バンクとかに高く売れるかもしんねえから、一応捨てないでやった」

　悪巧みをする時のニヤリとした笑みを片頰《かたほお》に浮かべる騎一に、高山はげんなりしきった視線を向ける。

「……俺はこの世に食いもんがその冷凍精液以外なんもなくなっても、死んでもいらねえ。…それにそういうのって普通の冷凍庫じゃなくて液体窒素《ちっそ》とかで凍らせないとたぶん駄目だと思うよ。それに精子バンクってそんなにほいほい登録できないらしいし。ちゃんと何代も遡って遺伝的に問題がないかとか何十枚もアンケートに答えて、いろいろ検査して合格した人の精子だけ扱ってくれるみたいだぞ。俺のダチが不妊治療とかの研究してるラボでバイトしてて、そいつから聞いた話だけど」

そうなのか、なら究極に金に困ったら和久井さん本人を連れていって検査を受けさせないと駄目か……、などと騎一が脳内で算段していると、

「そういやさ、そのラボでは男性不妊の研究のために若い男の精液のサンプルがたくさん必要らしくて、こないだ俺のダチも声かけられたって言ってた。結構いい報酬でさ、酒とかタバコとか食生活とかは普段どおりでいいんだけど、五日間禁欲して、一回ヌイて容器に出すだけで謝礼に一万円もらったって」

「…え、一回シコるだけで一万円？　んなチョロいことでそんなもらえるの？　めちゃくちゃ割がいいじゃん。それってまだサンプル募集してんのかな」

さぁどうだろ、聞いてみてやるよ、と高山が友人に携帯メールを打つ。

普通の勤め人から見たら「たかが一万円」かもしれないが、劇団からの月給五万円とバイト代でなんとか食《く》い繋《つな》いでいる貧乏劇団員にとって一万円は魅力的な臨時収入である。

高山の友人から来た返信によると、まだサンプル募集中らしく、容器を郵送してもいいし、直接ラボに来て採取するのでもいいとのことだった。

直接赴けば謝礼を振り込みでなくその場で受け取れると聞き、騎一が早速訪問日の約束

を取り付けていると、テレビ局のエキストラのバイトで遅れて稽古場に入ってきた石井《いしい》が言った。

「なあ、今さっきニュース速報で、朝来野寛《あさくのかん》が交通事故で亡くなったって」

「……」

一瞬休憩中の稽古場のざわめきがしんと静まり、次の瞬間「えぇっ」「マジで？」「嘘だろ⁉」と驚愕《きょうがく》したメンバーの咆哮《ほうこう》で窓ガラスがビリッと震える。

朝来野寛は舞台人なら誰もが一度は出演を夢見る人気劇作家で、笑いの中にほんのりペーソスの混じった喜劇作品の名作を多く手がけており、劇作や演出に興味のある騎一にとって熱烈な憧《あこが》れと尊敬の対象だった。

「……そんな…信じらんねえ……。マジかよ……超ショック……。めっちゃファンだったのに……。『マジカルアワード』も『テレビの時間』も『笑いの寺子屋』も『王妃様のレストラン』も、俺何度読んだかわかんねえくらい大好きだったのに……。通行人Aでもいいから朝来野寛の舞台に立ってみたかった……」

騎一が呆然《ぼうぜん》と呟くと、高山も「俺も……」と落胆した声で同意する。

「まだ五十代だったよな……。マスコミ嫌いで表に出てこない人だったけど、何年か前に小山内里美《おさないさとみ》と再婚したって話題になったし、まだまだこれからっていう人だったのに……」

石井が稽古着に着替えながら、暗い声で続けた。

「……奥さんも一緒に亡くなったって、テロップが流れてた」

「……！」

小山内里美はミュージカルスターを目指す少女がヒロインの『硝子《ガラス》のカメオ』という代表作を持つ少女マンガ家で、骨太のストーリーに男女を問わず人気があり、メンバーの中にも愛読者が多くいた。

二人の偉大なクリエイターの突然の訃報《ふほう》に悄然《しょうぜん》とうなだれる稽古場の面々に座長が言った。

「朝来野先生と小山内先生のご冥福《めいふく》をお祈りして、みんなで黙祷《もくとう》しよう」

立ち上がるメンバーと一緒に目を閉じ、敬愛する二人の巨匠の早すぎる死を悼《いた》んでいた騎一は、まさか数日後にその二人と血よりも濃い関係を持つことになろうとは夢にも思っていなかった。

＊＊＊＊＊

「お疲れさまでした。こちら謝礼になります」

差し出された白い封筒を受け取りながら、騎一は白衣の女性研究員に愛想《あいそ》よく会釈する。中身を確かめ、受領のサインをして廊下に出たとき、騎一がこのザ・バース・ラボラトリーなる名称の建物に入ってから三十分経《た》っていなかった。

そこは一見中規模の病院のようなまだ新しい建物で、高い壁と厳重な門に守られていた。守衛さんに訪問の目的を告げて入れてもらうと、受付の女性から説明を受けて別室で生活習慣など日常生活に関する簡単なアンケートに答えさせられた後に採取容器を渡され、トイレへ案内された。

清潔で広い個室トイレで棚に置いてあるエロ本片手に五日ぶりの手こきをするだけでこの謝礼はおいしすぎる、とほくほくしながら封筒をしまう。

身分証明書が複数あれば変装して何回もやりたいくらいだ、と思いながら騎一が廊下の半ばまで来たとき、近くの階段の上のほうからバタンと乱暴にドアが開く音と足音が聞こえた。

「待ってください、もう少しよく考えていただけませんか？　あれは本当に朝来野寛氏の受精卵で、あなたの弟か妹になるはずの命の素《もと》なんですよ」

声の主の姿は見えなかったが、焦《あせ》ったように引き留《と》める声が発した名前に騎一はピクリと足を止めて頭上を振り仰ぐ。

（……今、朝来野寛、って聞こえたけど……）

なんとなくそのまま立ち去り難《がた》く、騎一は音を立てないようにそっと階段に近づいて耳を欹《そばだ》てた。

「とにかく、もう一度中に戻ってお話を…」という声を遮るように、もうひとり別の男の声がした。

「結構です。これ以上伺っても考えは変わりません。父の急死でごたごたしている時に、急にそんな受精卵があるだの兄弟だの代理母だの、寝耳に水の話をされても困ります。俺にはどうにもできませんから、それはそちらで処分してください」

すげなく言い切る若い男の声は、会話の流れから朝来野寛と前妻との間の息子と思われた。

どうやら朝来野寛の生前に作られた受精卵をめぐって担当医と息子が揉《も》めているらしい、と騎一はあたりをつけながら盗み聞きを続ける。

「尚《なお》さんが困惑されるお気持ちはよくわかります。状況が落ち着かれるまでお待ちしたいのは山々なんですが、もう受精卵を培養済みで着床《ちゃくしょう》のリミットがあるんです。本来なら明日里美さんの体内に胚《はい》移植するはずでした。諸事情おありだとは思いますが、あなたと半分血の繋がったご兄弟になるわけで、おふたりの忘れ形見となる遺児を育ててくださるご意思があるか確認したくてご連絡させていただきました。里美さんにはご親戚《しんせき》はいないと伺っていますが、あなたのご親戚にどなたか代理母を引き受けてくださるような方はいらっしゃらないでしょうか？　海外を探せば二百五十万円ほどの報酬で代理母のなり手は見つかると思いますが、今回は海外から代理母を連れてくる時間がないんです。私は何年もおふたりの不妊治療に関《かか》わってきまして、とても真剣にお子様を授かりたいと努力されているのを間近で見てきました。事故に遭《あ》われたのも、ここに採卵に来られた帰りのことで、このままおふたりの受精卵を廃棄処分してしまうのは忍びなく……」

医師の言葉に騎一も心の中で強く同意する。

他人事《ひとごと》とはいえ、なんとかならないものかと騎一はやきもきしてしまう。

朝来野寛と小山内里美の遺伝子を持つ受精卵なんて、どれだけすごい才能を秘めているかわからないのに処分なんてもったいなさすぎる。

俺が女だったら代理母に立候補してやってもいいのに、とファン心理のあまり突飛なことを考えながら聞き耳を立てていると、溜息と翻意の兆《きざ》しもない硬い声が聞こえた。

「代理母になれそうな年齢の親戚はいません。それにもう生まれてしまった赤ん坊ならともかく、まだ細胞分裂中のたまごの状態なんですよね？　別に先生が父達に変な罪悪感とか感じる必要は全然ないので始末してもらって結構ですから」

……なんだそれ、受精卵だって立派に命が宿ってるはずだろ、と騎一は尚という名の声しか聞こえない相手に心の中で反論する。

「サロゲートマザーは若い女性でなくても、気力体力のある方なら六十代でも充分可能です。……もし、病気などで子宮を摘出された方でも、実はこのラボでは胚性幹細胞《はいせいかんさいぼう》というものから再生臓器を造る研究もしていまして、人工的に造った子宮を移植するという方法も、まだ実験段階ではありますが不可能ではありません。なんとかどなたかに借り腹をお願いすることは……」

説得を続ける医師を心で応援しながら、騎一は（…再生臓器…人工子宮？）と聞き慣れないSF的な響きを感じさせる単語に首を傾《かし》げる。

そんなものがあるんだ、つぅか、こんなとこでそんな最先端の医療研究がなされていたとは……と騎一が内心驚いていると、尚の苛立《いらだ》った声が階段下まで響いた。

「だから無理だって何度も言ってるでしょう？　だいたい代理母が見つかったとしても、生まれてきた子供は誰が育てるんです。先生が育ててくれるんですか？　急に半分血の繋がった兄弟だから育てろとか俺に言われても困ります。元々父とは前からうまくいってなくて、長いこと交流もなかったし、再婚相手と不妊治療してたことだって今日初めて知ったくらいなんです。俺にはそんな受精卵、赤の他人のものより遠い存在としか思えません。俺には育てる気はありませんから」

取り付く島もなく言い捨てて階段を下りてきた相手を見上げ、騎一はかすかに目を瞠《みは》った。

頑迷な返答を繰り返していた声の主は、表情こそ不機嫌そうに顰《しか》められていたが、劇団で美形の男女を見慣れている騎一でもちょっと驚くほど整った顔をしていた。

すらりとした身に黒っぽいスーツを纏《まと》った尚は騎一と目が合うと、(…他人に聞かれてしまったか…?)というような気まずげな表情を一瞬浮かべたものの、ふい、と視線を逸《そ》らしてそのまま階段を下りてくる。

「あの、すいません」

騎一は横を通り過ぎようとした相手の腕を摑んで引き留めた。

驚きと不審の混じった視線を向けられ、騎一はぺこりと頭を下げながら言った。

「ちょっと聞こえちゃったんですけど、あの、俺からもどうかお願いします。なんとか朝来野先生の遺伝子を残す方向で、考え直してもらえませんか?」

初対面とか不躾《ぶしつけ》とか口出しする権利があるのかとかあれこれ考えている暇はなく、騎一は自分より少しだけ低い位置から見上げてくる切れ長の瞳《ひとみ》を見返す。

尚が口を開く前に、上から追いかけてきた白衣の男に「…あなたは?」と声をかけられ、騎一は尚の腕を摑んだまま顔を上げる。

階段を下りてきたのは三十代半ばほどの大柄な男で、白衣の胸ポケットに『梯継春《かけはしつぐはる》』と書かれたIDプレートをつけた、優しげなトーンの声と同様に眼鏡《めがね》の奥の瞳も誠実そうな

風貌《ふうぼう》の男だった。

「…俺は、六車騎一といいます。すいません、通りすがりなのに突然しゃしゃり出て。えっと、さっき体液の採取のためにここに来て帰るところだったんですけど、『朝来野寛』って聞こえたんで…あの、俺演劇をやってて、俺にとって朝来野寛は神なんです。その受精卵をあっさり捨てるなんて聞こえちゃったから、どうしても黙ってらんなくて」

騎一の言葉に尚は不愉快そうに目を眇《すが》めた。

「……あなたになんの関係があるんですか？　まったくの部外者のくせに無責任なことを言わないでください」

おせっかいにもほどがある、と振りほどこうとする相手の腕を摑みなおし、騎一は言った。

「……たしかに俺は部外者だし、余計なおせっかいってことは百も承知ですけど、受精卵だって生きてるんですよ。しかもそんじょそこらの受精卵じゃなくて、朝来野寛と小山内里美の神カップルの受精卵なのに…絶対もったいないと思う。どんなに望んでも授かれない人だっているんだし……あなただって、今は赤ちゃんの実物見たわけじゃないから無情に始末しろなんて言うけど、本物見たら、どっか似てたりして兄弟の情とか湧《わ》いてくるかもしれませんよ。あの時殺さなくてよかったって思う日がくるかもしれないじゃないですか。…あのままほっとけばよかったって思う可能性もないわけじゃないけど。でも、あとでやっぱりほしかったって思ってももう遅いし、俺に協力できることならなんでもします。たいしたことできないかもしれないけど、乗りかかった船だし、劇団のみんなにも話せばなんだかんだ協力してくれると思います。だからなんとかお願いします、どうか受精卵を生かしてあげてくれませんか？」

　騎一はがばっと身体を二つに折って頭を下げる。

　赤の他人が踏み込んでいい領域をこえた行き過ぎた願いだという自覚はあったが、話を聞いてしまった以上、このまま朝来野寛の遺伝子を持つ命の芽が摘《つ》み取られるのを見て見ぬふりはできなかった。

　土下座《どげざ》したら気を変えてもらえるだろうかと騎一が思った時、頭上から冷ややかな声が降ってきた。

「……なんでもするなら、あなたが産めばどうですか？」

「……えっ？」

　思わず目を上げると、硬い表情で見下ろされる。

「俺は父の遺伝子なんか残す気ないけど、殺すなってそこまで言うなら、あなたが誰かに産ませて勝手に育てればいい。あなたが勝手にやるっていうなら別に止めませんよ、俺は一切関知しませんけど」

　やれるものならやってみろ、できないなら軽々しく口を出すな、と視線で雄弁に伝えてくる相手の目を見つめ、騎一は虚を衝《つ》かれてごくりと唾《つば》を飲み、次の瞬間考えうる限りのあらゆる可能性を脳内で検討しはじめた。

裁定を下すまでに要した時間はわずかだった。

「……わかった。そんならその受精卵、自分の腹で俺が産む」

「え」

なにを言われたのか解読不能という表情を浮かべる相手を騎一は真顔で見返した。

「別にふざけてるわけじゃなくて真剣だから。さっき立ち聞きしてたら、子宮のない人でも大丈夫って言ってたから、人工子宮っていうのを使えば男でもアリかと思って。それに前にテレビのドキュメンタリーで見たんだけど、女性として生まれながら、性同一性障害で性転換手術を受けて男性になった人が女性と結婚して、妻が子宮を摘出して妊娠できないから、夫が妊娠して出産したって実話があったし。その人は元々女性だからまた別のケースで参考にならないかもだけど、…先生、俺が妊娠することって、現実的に可能ですか？」

騎一が梯に目を向けると、やや間があってから、

「……理論的には不可能ではありません。人間の男性で臨床実験したことはまだありませんが、動物実験ではオスの妊娠出産には成功しているので」

ちょ、と焦ったように尚が目を見開く。

「なに言ってるんですか、男が妊娠だなんてそんなバカなこと…、…あなたもなに言い出

すんですか、俺が言ったのは自分で産めってことじゃなくて……」

狼狽《うろた》えたように長い睫《まつげ》を揺らす相手に、それはわかってる、と騎一は目顔で伝える。

今日明日のうちに報酬次第で引き受けてくれる代理母を見つけられる可能性はゼロに近いし、騎一の知り合いの女性といえばほとんど役者仲間で、舞台女優たちにいくら朝来野寛の子とはいえ赤の他人の子を十カ月も宿してほしいと酷な頼みをするわけにはいかない。

聞いてみたらもしかしたら誰かひとりくらいうんと言ってくれるメンバーもいるかもしれないが、舞台を降板するはめになったりバイトや生活に支障を来《きた》すような頼みごとを今すぐ決心してほしいと迫るのはいくらなんでも憚《はばか》られた。

「……さっき受精卵にリミットがあるって言ってたし、医学的に不可能じゃないなら俺が代理父になって産んで育てます。ほかに処分されずに済む方法がないんだし、ここに居合わせたのもそういう縁なんだと思う。俺が勝手にやっていいなら、やらせてください」

騎一は驚愕するふたりに向かってきっぱり言った。

「……ほ、本気で言ってるんですか……？」

声を掠《かす》れさせる尚に騎一はしごく真面目《まじめ》に頷く。

まさか自分が妊娠するなんてついさっきまで想像すらしていなかったが、あだやおろそかな気持ちではなく、これが正しいことだという確信があった。

例によって直感の判断だったが、長考すれば正解を出せるとは限らないし、今決心しなければとりかえしのつかないことになる。

これが敬愛する朝来野寛の受精卵ではなく、まったく見知らぬ他人の受精卵でも同じことをするか、と言われたら頷く自信はなかったが、現に自分が身体を張れば助かる命を前にして、躊躇《ためら》っている場合ではないと思った。

そのとき、梯が口を開いた。

「理論上は男性の妊娠も可能と言いましたが、ご親族でもないあなたに胚移植をすることは倫理上できません。もし同じことを尚さんが申し出てくださったのなら、またはあなたがずっと子供を授かることを望んでいた既婚女性だったら、もうすこし考慮の余地はありましたが、残念ながら尚さんがご兄弟を望まれているわけではないので、この件はもう……」

諦感《ていかん》を声に滲《にじ》ませる医師に「待ってください！」と騎一は叫んだ。

「俺は真剣に望んでます、その受精卵が生きて産まれてくるのを。覚悟したのは今ですけど、親子って血が繋がってればいいってもんじゃないでしょう？　それに女性だったら必ず母性が備わってるとは限らないし、二親揃《そろ》ってなくたってシングルでも頑張って懸命に育ててる人だって大勢いるじゃないですか。俺は男だし独身だし血の繋がりもないけど、その子のいい父親になれるように努力します。綺麗事《きれいごと》言うなって思うかもしれないけど、いい加減な覚悟で言ってるわけじゃありません。この人は兄弟を欲しがってないけど、俺は自分の子として産み育てる気になってます、本気で」

　騎一の勢いに押されて梯は息をのみ、「…いや、しかし…」と首を振る。

「これはそんなに簡単に答えを出していいことではありません。生まれてくる子供の人生も、あなた自身の人生も大きく変えてしまう重大な決断なんですよ。自分の本当の子供ならまだしも……しかもあなたはまだ若く、演劇をやっているような自由な生き方をしている男性で、とても人ひとりの命運を託すわけには……」

　そう言われて騎一はキッと梯を見据える。

「若くて演劇やってる奴にまともな子育てができないとかそんなの偏見です。何年生きてたって人間的にまったく成長しない人もいるし、親になるのに年齢や仕事は関係ないんじゃないでしょうか。肝心なのはどれだけ愛情を持てるかだと思う。いくつになればいい親になれるとか、どんな職業についてればちゃんとした子育てができるとか、そんなの決まってないと思います」

　梯はやや目を瞠り、

「…失礼しました、たしかに個人の資質によることで、一般論でひとくくりにしてはいけませんでしたね。…ただ、生まれた後の話をする以前に、生まれる前の過程にもさまざまなリスクがあるんです。子宮を移植するにはおなかを開く必要がありますし、元々なかったものを取り付けるわけで女性の身体に行う場合よりも込み入った手術になります。もしうまく移植できたとしても、定期的にホルモン投与も必要で、妊娠に伴う体形の変化はもちろん、つわりや切迫早産の可能性もあるでしょうし、重篤な妊娠高血圧症候群になった場合や帝王切開時には最悪命の危険もあるんです。身体に傷痕《きずあと》も残りますし」

正義感から勇気ある申し出をしてくれる気持ちはありがたいですが、肉親でもないあなたにそこまでのリスクを負わせるわけには…、と続けられ、騎一は口を噤《つぐ》む。

命の危険を冒してまで他人の子供を身籠《みご》もることができるか、と自分に問うてみる。

もちろん朝来野寛の受精卵じゃなければ絶対やらない。

けど、妊娠したら絶対死ぬと決まってるわけじゃないし、無事出産まで漕《こ》ぎつける可能性だって少なからずあるはずだ。

普通に暮らしてたって絶対死なずに確実に天寿を全《まっと》うできる保証があるわけじゃないし、ここで一回リスクを回避したとしてもいつか死ぬ時は死ぬんだ。

それより、作品からどれだけ勇気や希望をもらったかわからない、いつか自分もこんな作品を書いてみたいってずっと憧れてた人の子供が消されそうになってて、もし自分がやらなきゃ確実に消されてしまうとわかっていて、やるべきだと思ったのにやらなかったほうが、あとで絶対悔やむに決まってる。

ペンギンだってカクレクマノミだってオスが卵の世話して孵化《ふか》させるじゃないか。ペンギンや熱帯魚のオスにできて俺にできないわけがない。

自分の腹を痛めて産んだ子ならどんな子でも可愛いっていうし、元々子供は嫌いじゃない。意外といい父親になれるんじゃないかという予感もある。

まさか自分が結婚もしないうちに子持ちになるなんて想定外だったけど、奥さん抜きのできちゃった結婚をしたつもりになればいいのだ。

妊娠なんてしたこともさせたこともないから、まったく不安がないわけじゃない。けど、ベンジャミン・フランクリンだって『いろいろなことをする人は多くの過《あやま》ちを犯すだろう。しかし彼はなにもしなかったという最大の過ちだけは犯さないはずだ』と言ってるし、俺も今見て見ぬフリをすることのほうが最大の過ちだっていう気がするんだ。

すべて自分が望んで選んだことで、誰かに責任を負わせる気はないし、大変な選択だと重々承知のうえで、なんとかやってやる。

「……世のお母さん達はみんなそういう妊娠のリスクを乗り越えて母親になってるわけだし、俺も無事産めるっていう可能性に賭《か》けたいんですけど。俺が妊娠途中で死ぬかもしれないなら、それはそういう運命だったんだって思うことにする。傷痕とかは、怪我《けが》とかほかの病気で手術して縫ったりすることもあるだろうし、妊娠しなくたって一生無傷でいられるわけじゃないんだから、構わないです」

生命を生み出すための傷なら勲章だし、ヌード写真集を出す予定があるわけでもないし、多少の傷痕なんてたいしたことじゃない。

揺るぎを見せない騎一に梯は返答に窮したようにつっかえながら言った。

「……い、いや、しかし、本当に犬猫の子供を拾って育てるのとはわけが違うんです。あとでいらなくなったと捨てるわけにはいかないんですよ？　あなたがこの先誰かと結婚して、自分の本当の血を分けた子供を得たら？　そのときあなたも相手の女性も、継子《ままこ》と実子を分け隔てなく育てることができるかどうか……」

自分の子供ができたら継子を愛せなくなったり、最悪虐待したりする可能性もあるのでは、と暗に示唆するような言い方に騎一はむっと眉《まゆ》を顰《ひそ》める。

「夫の連れ子を自分の本当の子と同じように可愛がってくれない人とは結婚しないし、俺本人が血とか細かいことにこだわるような人間だったら、最初から男の身で他人様《ひとさま》の子を産んで育てるなんて言い出してません」

そういう悪い意味での『ありがち』な思考回路を辿《たど》る人間かどうか、これまでのやりとりでわかってほしかったと歯噛《はが》みしたい気持ちになる。

そのとき、長い間黙っていた尚がハッと思い当たったように騎一を見やった。

「……もしかしてあなたは、父の遺産を子供に相続させるためにそんな酔狂なことを……？」

「はぁ!?　遺産!?」

あろうことか金目当てかと疑われ、騎一は頭にきすぎて尚を怒鳴りつけた。

「あんたさ、今までなに聞いてたんだよ！　金が欲しいなら、もっと効率よく稼げる手段選んでらあ！　俺だってやんなくていいなら、男なのにわざわざ腹ボテになんかならねえよ、途中で死ぬかもしれねえって言われたし、産むだけで終わりじゃねえし。二百五十万払うから腹貸してくれって言われたって朝来野寛の子じゃなきゃやらねえよ。あんたが他《ほか》に代理母を探してくれるっていうなら、俺だってここまで身体張らねえけど、あんたにはその気がねえし、無理強いしたって子供もあんたも不幸になるだけだろうから俺が産んで育てるって覚悟決めたんじゃねえか。子供を盾にあんたに金せびろうなんて、そんなことこれっぽっちも思ってねえよ！」

騎一の剣幕にぎょっとしたように尚は目を瞠り、

「……で、でも、こんなこと、金目的以外でやろうなんていう奇特な人間がいるわけないし……」

「いるだろうがよ、ここに」

いい加減「普通だったらこうするはず」とか「普通だったらこんなことしない」とか勝手にそういう尺度で測らないでほしい。自分だったらこうすべきだと思うからこうする、というのが俺の判断基準なんだ。

騎一はふう、と息をついてから梯に言った。

「……梯先生、どんなにハイリスクでも、なにがあっても自分で責任負いますから、先生も覚悟決めて俺に協力してくれませんか？　先生だってそもそも受精卵を処分したくないんでしょう？　まだ人間の男で臨床実験したことないなら、俺の身体で人体実験してください。もし俺が成功したら、このさき男でも妊娠したい人や、事情で子宮を失《な》くしたけど妊娠を希望する女性にとって意義ある実験になるんじゃないですか？　妊娠過程や育児の大変さをナメてるわけじゃありません。想像以上に大変だろうけど、やるって決めたんです。もしちゃんと産めたら、俺、きっとその子がこの世に生まれてきてよかったって思えるように絶対精一杯頑張りますから」

「……」

今度こそ土下座すれば誰かが口を開くだろうかと思うほど長く続いた沈黙を、梯の声が破った。

「……わかりました。あなたの熱意と決意は本物に思えます。私達も男性の被験者を求めていたのは事実なので、あなたの申し出を受けさせていただこうと思います」

「……！」

自らに言い聞かせるようにゆっくり言葉を紡《つむ》いだ梯と、目を見開いて固まる尚を前に、騎一は初日の舞台に立った瞬間のような鼓動の速まりを自覚する。

騎一が口を開こうとする前に、梯が続けた。

「ただし、検査をしてみて受精卵とあなたの身体に不適合がなければの話です。もし血液型不適合がなく移植手術が成功して妊娠が成立した場合、出産まで全面的にこちらで経過をフォローしていきます。経過中になにか不測の事態がおこり、胎児とあなたのどちらかの命を選ばなければならない場合は、あなたの命を優先させます。…尚さん、それでよろしいですか？」

親族としての意向を問われ、尚は困惑しきった表情で口をはくはくさせ、吐き出すように言った。

「……別に、俺には関係ないことですから。…この人が勝手にやるって言ってるんだし、俺の知ったことじゃないですけど、…子供だけ残してこの人が死んだりしたら困るから…、なるべくこの人を死なせないでください」

もうこんなところには一秒でもいたくないというように「じゃあ俺はこれで」と踵《きびす》を返す尚の背中に騎一は言った。

「『なるべく』っていうのが軽く引っかかるけど、まあありがと、命の心配してくれて。けど、俺たぶん死なねえし、ちゃんと父子共に健康に産めそうな気がするんだ、なんの根拠もねえけど。無事産まれたら、一応あんたに兄弟の顔見せに行ってやってもいいよ」

足早に去ろうとしていた尚が足を止め、振り向いて騎一に冷ややかな視線を向ける。

「あなたは絶対殺しても死なないタイプだと思うから、心配なんかこれっぽっちもしてません。産まれたって顔なんか絶対見せに来ないでください。…ていうか、こんなバカげたこと、絶対成功するわけないですから」

そう吐き捨てると、今度こそ尚は振り向かずに歩き出した。

……そんなのわかんねえじゃん、やってみなきゃ、と口の中で呟いた騎一に梯が言った。

「…では、時間がありませんので、早速ですが今すぐ採血をさせていただけますか？」

騎一はゴクッと唾を飲み込み、「はい」と頷く。

結果次第で人生が百八十度変わる検査を受けるために、騎一は梯について検査室へと向かったのだった。

＊＊＊＊＊

「騎一《きいち》先輩っ、心配してたんですよ、一体なにがあったんですか？『身体は元気なんだけどしばらく入院するから。見舞いはいらねえよ』ってわけわかんない電話のあと、ほんとにずっと顔見せないし、先輩の携帯通じないし、シベリアの高山さんもよくわかんないけどしばらく稽古休むって聞いただけって言うし、もうどうしちゃったのかと思って……」

退院したその足で久しぶりにプチパトロンの後輩の家に顔を出すと、子犬だったら千切《ちぎ》れんばかりに尻尾《しっぽ》を振るような風情《ふぜい》で心配されて心が和む。

定位置のキッチンテーブルの椅子《いす》に掛けながら騎一がよしよしと結哉《ゆいや》の頭を撫《な》でると、脇《わき》から不機嫌そうな咳払《せきばら》いが聞こえた。

「……とうとうなにか悪事でもやらかして高飛びしたんじゃないかと思ったぞ。今まで三日にあげず邪魔……いや食糧補給に来てたくせにぱったり来なくなるから……入院って、ほんとにどこか具合でも悪かったのか？」

声に三グラムくらい本気の心配も混じっているようで、騎一は和久井《わくい》にほがらかな笑みを向けた。

妊娠してから、女性ホルモンの痛い注射を何度も打たれているが、その影響なのか以前より気分がほわっと落ち着いている。

妊娠によって女性は精神的に不安定になって涙もろくなったり、イライラしたり神経が高ぶったりすることもあると聞いたが、騎一の場合は男性ホルモンがいい感じに中和されるのか元来の性格のせいか特にネガティブになることもなく、逆に穏やかさを保っている。

騎一の慈愛を含んだ微笑に「ど、どうしたんだ…？」と和久井は軽く怯《ひる》んだような顔をする。

和久井と結哉を交互に見ながら騎一は言った。

「今日はふたりに報告したいことがあるんだ。急に入院することになったのは、ちょっとワケがあって……実は、受胎したんだ、俺」

「……は？」

「ジュタイ、ですか……？」

意味がわからないというように訊《き》き返すふたりに騎一は頷く。

「うん、今七週目なんだ。こういうのって最終月経の初日から数えるらしくて、最初の週なんてまだ排卵もしてないのに、そういうふうに計算することになってるんだってさ。今は胎芽《たいが》っていって二センチくらいで二頭身らしいよ。四週目から七週目は器官形成期っていって脳とか神経細胞の八割が作られる大事な時期だから、先生に酒もタバコもやめろって言われて、入院を機に俺もきっぱり禁酒禁煙を決意したぜ」

ラボに入院している間に梯《かけはし》や看護師たちに教わった知識の一部を披露すると、和久井が目をしぱしぱさせて、

「……最終月経……って、おまえ、……生理があるのか……？」

バカなことを真顔で訊かれ、騎一はブッと噴く。

「なわけねえでしょうが、男なのに。元々生理はないけど、一身上の都合《つごう》で妊娠したんです、俺」

「……に、妊娠っ……!?」

がたっと椅子を倒す勢いで立ち上がりかけた結哉が、はっと我に返ったように座りなおして騎一に呆れ顔を向ける。

「……もう先輩、やめてください、真に迫りすぎの冗談は。腐っても役者なんだから。うっかり先輩だったらもしかして妊娠くらいしかねないかも、って真に受けちゃうところだったじゃないですか。……あ、わかりました、実はジュタイじゃなくて、ジェダイの騎士の役をもらった、とかそういうオチなんでしょう?」

「はぁ?」

わけのわからないオチをつけられ、騎一が事情を説明しようとすると、

「……ほんとにおまえはよくそう次々凝った設定の冗談思いつくな。七週目だとか最終月経とか胎芽とか細部まで妙にリアリティのあるネタ考えやがって」

と和久井からも責められ、騎一は溜息をつく。

「だから冗談じゃねえんだってば。スターウォーズの役もトランスジェンダーで妊婦になる役ももらってねえし、全部真実なんだよ。証拠に子宮埋め込んだ手術の痕を見せたっていいけど、見るか?」

「……え」

怪訝《けげん》な顔をするふたりの前で騎一は立ち上がり、おもむろにジーンズのボタンを外して

シャツの裾《すそ》をまくって腹部に走るまだ新しい縫合創を見せた。

「……！」

息をのんで目を瞠るふたりに騎一は裾をなおしながら続けた。

「ひとまずこれで信じてくれたか？　この手術のために入院してたんだ。先生は大事を取って最低十一週くらいまで入院させたいって言ってたけど、元気なのに安静にしてるのも結構飽きるしさ。手術からしばらくはズキズキ痛かったけど、今はなんともねえし、子宮も無事くっついたっていうから、無理はしないっていう約束で退院させてもらったんだ。劇団もバイトもそう休んでらんねえし。普通の妊婦さんよりこまめに診察に行かねえといけねんだけどさ」

「……う、嘘……、先輩、それ、ほんとは盲腸とか、ほかの手術の傷なんでしょう……？」

結哉はとても信じられないというように声を詰まらせる。

「いや、ありえねえと思うだろうけど、ほんとに妊娠してるんだ。ここに今はレモンくらいの大きさの子宮が入ってて、だんだん大きくなる予定なんだけど、今の俺の腹の中をわかりやすく説明すると、ちょうど素うどんのどんぶりに卵の黄身落として月見うどんにしたみたいな感じなんだって。うどんが腸で黄身が子宮でイメージしてくれ」

「……す、…素うどん……？　月見……？」

余計混乱したような結哉に騎一は頷く。

「どうしても信じらんねえなら、ドラッグストアで妊娠検査薬買ってきて尿検査してもいいけど。あ、それより母子手帳見るか？　俺が手術を受けたところは不妊治療のいろんな方法を研究しているラボで、今回は動物の体内で作らせた人間の子宮を移植するっていう方法をとったんだ。原理はよくわかんねえけど、妊娠してるブタの胎児の子宮を人工的に破壊して、そこに再生作用のある人間の幹細胞っていうのを注入すると、人間の子宮を持ったコブタが生まれてくるんだって。ブタには可哀相《かわいそう》なんだけど、その子宮を提供してもらって今俺の骨盤内にくっつけてあるんだ。一応いまのところ拒絶反応とかもなく順調だって。まだ人間の男で試したことない実験だからどうなるかわからんけど、このまま三十七週くらいまで頑張って外に出しても大丈夫ってくらい大きくなったら帝王切開で出す予定なんだ。産道がねえから下から産めねえからさ」

「……て、帝王せっかい……ブタ……ぼ、母子手帳……？」

それ以上声が出せない結哉の隣で和久井が眩暈《めまい》を堪《こら》えるように額を押さえながら声を絞り出す。

「……あの、なにから言ったらいいのか……、えっと、その途方もない話が事実だとして……その、…おまえの子なのか？　でも、なんでおまえが……？」

もっともな質問に騎一はまだ平らな腹をさすりながら言った。

「この『若様』は俺の子じゃねえけど、俺がやらねえと消されちゃう運命だったんだ」

…若様？　と訝《いぶか》しげに繰り返す和久井に騎一は頷く。

「あだ名つけたんです、男か女かまだわかんねえけど、長い付き合いになるし。朝来野寛《あさくのかん》と小山内里美《おさないさとみ》夫妻が事故で亡くなったこと知ってると思うんですけど、ふたりが生前に体外受精しようとしてた受精卵が若様なんです。遺族がそれを処分していいって言ってるところに偶然出くわして、まあ行きがかり上俺が若様を産んで育てることにしたんです」

「……行きがかりって、おまえ……」

唖然として二の句が継げない和久井の横で結哉が得心したように呟いた。

「……先輩、そういえば朝来野寛のすごいファンでしたよね。アパートにもいっぱい本があったし。…ほっとけなかったんですね、その赤ちゃん…若様のことを聞いちゃったら。先輩、すごく情に厚くて男気ある人だから」

え、とピクリと眉を寄せて和久井が結哉を窘《たしな》める。

「……結哉、『男気ある男が妊娠する』って文法的にも常識的にもおかしいよね。だいたいそんな安全性も確立してないような、たぶん産科婦人科学会とか生殖医療学会とか不妊治療学会とかで絶対承認されてない人体実験みたいなことを自ら買ってでるなんて、しかも自分の生活基盤もあやういのに他人の子供をひとりで産み育てようなんて、無謀以外のなにものでもないだろう」

しごくまっとうな正論を吐いた和久井に結哉はショックを受けたような瞳でふるふると

首を振る。

「……そんな、和久井さん、ひどいです。和久井さんがそんな冷たいことを言うなんて、僕思いませんでした。先輩は殺されそうだった赤ちゃんの命を自分の身体で守ったんですよ？　先輩はたしかにものすごく無謀かもしれないけど、勇気と優しさゆえの決断だと思います。そうそうできることじゃないです。僕は先輩を尊敬するし応援しようと思います」

上目で咎めるように見上げられ、「…いや、冷たいって、けど…」と和久井が困ったように言いかけると、結哉は見損なったというように和久井から顔を背けて騎一に言った。

「……先輩、よかったら赤ちゃんが生まれるまでここで暮らしてください。うちの継母《はは》も弟を妊娠してるとき、つわりとかかなり大変そうだったから。うちにいれば、すこしは身体も楽だろうし」

寛大な申し出に騎一がちらっと横を見ると、和久井に「断固却下」と目力をこめて睨まれる。

一瞬居座ってお邪魔虫になってからかってやりたいという衝動にも駆られるが、元々そこまで後輩におんぶに抱っこしてもらうつもりはなかったし、揉め事の原因になる気もなかったので、騎一は結哉の髪をがしがし撫でながら辞退した。

「ありがとな、でもまだ全然つわりとかもねえし、ほんとに妊娠してんのかわかんねえくらい元気だから大丈夫。あんまり神経質に大事にしすぎないで普通に生活していいって先生に言われてるしな」

…そうなんですか？　でも辛《つら》くなったらいつでも頼ってくださいね、と労《いたわ》るように言われ、可愛い後輩の優しさに癒《い》やされる。

このところ、以前より可愛いものや綺麗なものや優しいものにめっきり心安らぐようになった気がする。

以前ならテレビで殴りあいのケンカのシーンなどを見ると血が騒いだのに、今は「まあまあ、落ち着いて。話し合いで解決しようや」と平和的に仲裁したくなる。

これも母性のなせるわざなのだろうか、ホルモンの影響ってすごいかも、などと思いながら、騎一は和久井に言った。

「和久井さんの言うとおり、たしかに本腰いれて子供育てるんだったらフリーターの劇団員のままじゃ金銭的にも不安だし、入院してる間に今後の人生設計について俺も考え直してみたんです。結論としては、妊娠期間中に通信教育で保育士の資格を取って、生まれたら子供を預けながら同じ保育所で働けたらそれがベストかなって」

入院中に梯がいろいろ親身になって今後の身の振り方について相談に乗ってくれ、普通の企業に就職してシングルファーザーとして仕事と育児を両立させるのは現状厳しいだろうから、一番無理なく両立できそうなのが保育士ではないかという話になった。

梯がラボの母体グループの系列企業の保育所などに受け入れ先を探してみると言ってく

れたので、自分も三月の国家試験に向けて準備を進めていくつもりである。

そう話すと、結哉は驚いたように騎一を見つめ、

「……あの、先輩、お芝居《しばい》やめちゃうんですか…？　あんなに夢中で楽しくてしょうがないみたいに情熱燃やしてたのに、夢を諦めちゃうんですか……？」

そりゃ赤ちゃんを育てながらじゃ難しいでしょうけど、でも……と続ける結哉に騎一は笑って首を振った。

「別に諦めるわけじゃねえよ、一時温存するだけだ。今一番大事なのは若様をちゃんと育てることだから、優先順位をちょっと変えて、芝居に向ける情熱を今は若様育てることに向けようと思ってるだけ。役者や劇作って何歳までとか年齢制限があるわけじゃねえじゃん。いろんな経験したからこそ表現できるなにかがあるかもしれねえし、別にまっすぐ一本道で進めなくても、遠回りとか寄り道が悪いとは思ってねえんだ」

自分で他人様の子供を産み育てると啖呵《たんか》をきったからには、きちんと育てる責任がある。人生のそのときそのときで一番頑張らなければならないことを楽しんでやりたい主義だから、子育ても仕事も一生懸命楽しんで取り組むつもりだ。

腕を組んで聞いていた和久井が意外そうな声で言った。

「……おまえも結構まともなこと考えてたんだな。いや、妊娠する時点でまったくまともじゃないけど…、一旦《いったん》芝居はやめて働くとか、どうやらおまえも本気みたいだし、しょう

がないから俺もできる範囲で協力してやる。俺にできるのは経済的な援助くらいだけど……その通信教育の費用とか、出産費用とか、それくらいなら出せるし。会社の同僚が大学病院で産んだ奥さんの出産費用に六十万かかったって言ってたし、診察代とかもバカにならないだろうから」

高給取りらしい太っ腹な申し出に騎一は思わず笑みを浮かべてぺこっと頭を下げる。

「ありがとうございます。でもそれは大丈夫って言われました。俺貴重な研究対象だから、生まれるまでのデータを逐一提供するってことで、費用は全部ラボの予算で出してくれるそうなんです」

妊夫《にんぷ》になると決めた日、尚《なお》が去ったあとすぐに血液検査をはじめ術前の検査一式をバタバタと受けさせられながら、ふと費用について失念していたことに気づいて長期分割返済でいいか梯に確かめたところ、不要との答えが返ってきた。

これからの物入りを考えると浮かせるところは浮かせられたらありがたいので、タダで産ませてくれるならデータでもなんでもいくらでも取ってくれ、と双方の利害が一致したのだった。

そう聞いて、結哉が感心したように呟いた。

「……先輩、やっぱりすごいですね……。一見どうしょもなく無鉄砲で荒唐無稽《こうとうむけい》なことに首つっこんじゃったみたいに見えるけど、実は先輩の身体を張った貴重な挑戦のおかげで医学の進歩に寄与できるわけだし、もしかして少子化問題にも貢献できるかもしれないし、人類の未来に繋がるかもしれない価値ある挑戦だと思います……」

本気でそう思ってるのか？　と問いたげな顔をする和久井のほうを振り向き、

「……和久井さん、さっきは責めたりしてごめんなさい……。やっぱり和久井さんも先輩の男気をわかってくれたみたいで、協力するって言ってくれてほんとに嬉《うれ》しいです。ありがとうございます。和久井さんは本当におおらかで柔軟な人だなって、改めて思いました。……なんだか、もし騎一先輩の妊娠がうまくいったら、僕も…いつか和久井さんの赤ちゃんを生んでみたいな、なんて…ちょっと思っちゃいました……」

と結哉が頬を染めながら囁《ささや》く。

え…、と和久井は目を瞠り、「……う、嘘……ほ、本気……⁉」と舌をもつれさせながら身を乗り出す。

…はい、と頷く結哉に和久井は、

「……嘘、いいの？　……参ったな、どうしよう、誰に卵子《らんし》を提供してもらうべきか……」

などとうわずった声で悩みだす。

…今さっき男の妊娠なんて無謀以外のなにものでもないって呆れ返ってなかったか？と問い質《ただ》してやりたくなったが、パステルピンクの空気を漂わせはじめるふたりに騎一は肩を竦め、「じゃ、俺帰るわ」と立ち上がる。

帰《かえ》り際《ぎわ》、玄関先で騎一は和久井にがしっと両肩を摑まれて、

「大事にしろよ。おまえひとりの身体じゃないんだからな。禁酒禁煙を守れよ。重いものも持つなよ。飛んだり跳ねたりも控えとけよ。とにかく、こうなったからには絶対臨月まで頑張って元気な赤ちゃんを産むんだぞ」

と、あんたは俺の夫かドリフか、とつっこみたくなるほど熱心に激励されたのだった。

＊＊＊＊＊

朝来野尚がタイムカードを押して職場を出たのはいつもと寸分違《たが》わぬ六時十分過ぎだった。

就職して二年、判で押したような代わり映えのない毎日だが、仕事は口を糊《のり》するための手段と割り切っているから別段不満もない。

生きがいだのやりがいだのを仕事に求めていないし、幸い公務員なのでこのまま大過な

く定年まで過ごせればいいと思っている。

仕事以外に情熱を燃やすような趣味もなく、特技といえるのは六歳から音大を出るまで習っていたバイオリンくらいだが、それも卒業後はほとんど弾いていない。

煩わしい人間関係は苦手だから、他人と深く関わらずに淡々と静かに生きていきたい。もう家族もいないが、元々家族がいたという実感があったのは母が生きていた頃だけだ。

父が死んだと聞かされたとき、特になんの感慨もなかった。

中学のころに母が亡くなったときの喪失感に比べたら、父の訃報を聞いても「…ふうん」としか思えなかった。

高校から寮生活で、その後もずっと離れて暮らしていたし、数年に一回話すかどうかという交流のなさだったから、冷たいと言われるかもしれないが、なにも感じなくてもしょうがないと思う。

父はなぜ母と結婚して子供を作ったのか不思議に思うほど家庭に関心がなく、ひたすら仕事に生きている人間だった。

殴られたり虐待されたりしたことはないが、普通の父子のように一緒になにかをしたり語らったりした記憶が一切ない。その分母が可愛がってくれたが、父はもし息子が何カ月も姿をくらまして家に帰らなかったとしても気づきもしなかったに違いないと思えるほど無関心で、ただ同じ家に住んでいるだけの他人に近かった。

同じようにいびつな家庭に育っても、あたたかい家庭を作りたいと前向きに思える人もいるだろうし、もし家庭を持つなら絶対に父のようにはなるまいとは思うが、いまのところ積極的に家庭を持ちたいという気にはならない。

父は作品のイメージからハートウォーミングな楽しい性格の喜劇作家と世間では思われていたようだが、家の中ではまったく作風とは正反対で、いつも神経質でピリピリしていて笑った顔など見たことがないし、煮詰まると少し音を立てただけでも怒ってドアになにかを投げつけるので、父がいる書斎は夜の墓地くらい近づきたくない場所だった。

そんな腫《は》れ物《もの》のような父に苦労させられた母が早くに亡くなり、父とふたりだけで暮らすのがどうしても嫌で、実家を出てからなるべく寄り付かないようにしていたのに、父が死んで誰もいなくなった家が荒れないように戻ってくるよう伯母《おば》に言われ、しかたなく最近引っ越してくるはめになった。

もういないとわかっているのに、いまだに書斎に続く廊下では足音を忍ばせてしまう癖が抜けきらず、いい思い出があるわけでもない無駄に広いだけの古い家など売り払いたいくらいだが、将来記念館として残すべきだなどという親戚や演劇関係者の意見もあり売るわけにもいかない。

死後五十年は著作権料と印税が入ってくるらしいが、そんな金には一切手をつける気はないし、父の作品など一生読む気もない。

自分にはまともに父親らしいことをしてくれたためしがなかった父が、再婚相手とは不妊治療をしてまで子供を欲しがったと聞かされたときは、正直面白くはなかった。

父が元々子供好きで自分にも愛情をかけてくれていたならまだ許せもしたが、露骨に自分ではダメで新しい子供なら愛せると言われたようで癪《しゃく》に障る。

もう成人して四年も過ぎたいい大人なんだし、父親だって一個の人間で、血の繋がりはあってもどうしてもソリがあわない相手もいるのだと思うしかないと頭ではわかっているが、わだかまりが残るのはどうしようもない。

……それなのに、なにが『朝来野寛は俺にとって神』だ。なにが『朝来野寛の遺伝子を持つ受精卵を捨てるなんてもったいない』だ。

尚は何十回反芻《はんすう》させたかわからない逆鱗《げきりん》ワードを吐いた男の顔を思い浮かべて眉間《みけん》に皺《しわ》を刻む。

赤の他人のくせに、しかも男のくせに身体にメスを入れてまで父の子を身籠もるなどと言い出す頭のネジがすっ飛んだおせっかいイカレ野郎のことはさっさと忘れたいのに、忘れさせてもらえない状況に尚は置かれている。

はぁ、と溜息をついて、尚は駅に向かいながら携帯を開いた。

昼休みに送られてきたメールに添付されていたのは、NASAが公開している宇宙人の解剖写真と見まがうような胎児の超音波画像だった。

あんな無謀なおせっかい野郎と穏和な顔をしたマッドサイエンティストとは、あの時限りで一切関わりを持ちたくないと思っていたのに、梯が定期的に胎児の成長具合や代理父の様子を報告してくるのである。

初めてメールが届いたのは、手術から二週間以上経ってとっくに抜糸も済んだあとのことだった。

まさか本当に手術をしたのかと愕然《がくぜん》として、自分には無関係だからこんなメールは寄こさないでくれと抗議の返信をすると、返信は不要なので一応親族として現状を知っておいてほしいと言われた。

どうせ男の腹なんかで子供が育つわけないし、そのうちすぐ失敗に終わるに決まってる、と着信拒否せずに放置していたら、時々心霊写真のような不気味な超音波画像と経過報告が送られてきて、今日のメールは十一週に入り胎児の身長は八センチまで育っているという内容だった。

……まさか、このまま本当に順調に育って、あの男の腹から子供が産まれるなんてことがありうるんだろうか……、と尚はソラマメみたいな胎児の画像を見ながら青ざめる。

……いや、俺にはまったく関係ないことだから無視すればいいだけの話なんだけど……代理父がつわりで三キロ痩《や》せようが、胎児の推定体重が二十グラムだろうが、まったく興味もないどうでもいいことで、いちいち報告されても困る。

俺は産んでくれなんて頼んでないし、むこうが勝手にやってることなんだから、ほっとけばいいんだ。

尚は携帯をしまおうとして、すこし考えてから検索サイトにある単語を入力する。

まさかこんな言葉を自分が調べるとは…、と吐息しつつ、「中絶」という言葉を検索すると、母体保護法という法律があり、二十二週未満まで手術可能だが、十二週以降の中絶は死産として役所に届け出が必要だと書いてある。

成人男性が臨床実験で妊娠した赤ん坊を堕胎するにも届け出って必要なんだろうか…？あのラボは公的機関じゃないみたいだから、死産だったら実験自体を揉み消せるかもしれないけど、もしほんとに生まれちゃったら戸籍とかはどうするつもりなんだろう……。

赤ちゃんポストに置いていかれてしまった身元不明の赤ん坊は市長の姓で戸籍を作るって聞いたことがあるけど、あいつがほんとに産んだ場合は……？

……やっぱり、法律云々《うんぬん》以前にどう考えてもこの妊娠はおかしすぎる。今からでも中止すべきだ。

男だから堕胎するにはもう一度開腹手術が必要になるだろうから、簡単なことじゃないけど、このままどんどん育ってしまう前に早めに手を打たないと、もっと大変なことになる。

それにもしかして、あのおせっかい野郎も実は実際に妊娠してみたら想像以上に大変でもうやめたいのに、自分から大見得《おおみえ》をきってしまった手前やめるにやめられなくなっている可能性はないだろうか？

先生も内心では医学倫理上まずいと思ってるけど、誰も止める人がいないから、研究欲に駆られて引っ込みがつかなくなっちゃってるのかもしれないし……。

……やっぱりもう一度あいつに会って、こんなことやめてくれるように言うべきじゃないか。

あいつも誰かに止めてもらったほうが、すんなり「じゃあやめる」って言いやすいだろうし、自分としても、このまま無視を続けて本当に子供が産まれてしまったら、たとえ関わらないと決めていても、どこかに同じ父親の血が流れる子供が生きている、とずっと心に引っかかったまま生きていかなくてはならない気がする。

やめてもらうなら早いほうがいい、これからあの男に会いに行って話してみよう、と尚は決めた。

以前梯から送られてきたメールに騎一の所属する劇団の所在地が書かれていたのを思い出し、尚はメールを確認すると、自宅方面とは反対側のホームへと足を向けた。

劇団シベリアブリザードの稽古場は一階がコンビニになっているテナントビルの二階にあり、道路に面した窓から中の灯《あか》りや何人もの人影が見え、まだ稽古中であることがうかがえた。

騎一が稽古に来ているかどうか確かめるために尚がコンビニ脇の階段を上っていくと、こどもの落書きのような手書きの看板がかかっている。

（…シベリアブリザードなんて、劇団名からして寒いギャグ連発しそうなセンス皆無の変な名前…）

と思いながら、ドアに嵌《はま》ったガラスの小窓からこっそり中を覗《のぞ》く。

片側が鏡張りで片側が階段状の、周囲に雑然と大道具などが置いてある広い稽古場に二十人くらいの男女がおり、真剣な表情で揃って奇妙なダンスを踊っていた。

ラジオ体操に似た変な振り付けの踊りを一糸乱れず踊る団員の中に知った顔を見つけ、尚は（あ…）と口の中で呟く。

Tシャツとジャージ姿の騎一は初対面の時より頬が若干シャープになったような気もしたが、どこから見ても妊夫とは思えない。

扉越しで音は聞こえなかったが、みんなが大真面目な顔でわけのわからない珍妙な踊りを踊っているのを見ていたら、なんだかくだらなさに笑いがこみあげそうになり、尚はは

っとして、

（いや、俺はこういう世界は嫌いなんだ。父親の属していた世界だと思うと坊主《ぼうず》憎けりゃ的に気に食わない。きっとこいつらだって、自分の夢ばっかり追いかけて、周りの人間に迷惑かけまくってるに違いないし……）

と心の中で決めつける。

そのうち振り付けが変わり、日本舞踊のような動きからロボットダンス、バレエ風からマイケル・ジャクソンのショートフィルムのような高度なダンスまで次々キレのいい動きを見せる団員たちに
（…ちょっと、なんかすごいけど、あんなに踊りまくっておなかの子は大丈夫なのか…？）

と思わず心配してしまい、すぐに我に返って
（いや違う、堕胎してくれって頼みに来たのに流産の心配してどうするんだ。俺が心配する筋合いは金輪際ないし）

と尚は慌てて自らにつっこむ。

しばらく覗いていると、どうやら稽古が終わったらしく団員たちが帰り支度《じたく》を始めた。

こんなところで呼び止めて『妊娠』とか『中絶』とか話すのもなんだし、下で待っていたほうがいいか、とそこから離れようとしたとき、勢いよくドアが開いて騎一が現れ、尚は目を見開く。

「俺になんか用すか」

初対面から三カ月ほど経っているが、相手も自分の顔を覚えていたらしく、尚は小さく会釈する。

「……あの、こんばんは。お久しぶりです。……ええと実は、ちょっとご相談があって……このあとすこしお時間とれませんか？」

梯からのメールで、騎一は退院後も今までどおりバイトをかけもちしていると知らされていたので一応確かめると、やはりこれからバイトがあるという。

しょうがなく駅までの間歩きながら話すことになり、すこし歩き出したところで折悪《おりあ》しく雨が降ってきてしまった。

夜は降水確率が高くなると朝のニュースで見ていたので、尚が鞄《かばん》から折りたたみ傘を取り出すと、

「すげー準備いいッスね。俺なんか家出るとき降ってなけりゃ傘なんか持たねえなあ」

と大雑把なことを言われ、しかたなく「…どうぞ」と半分さしかけてやる。

なぜか相合い傘になってしまったが、どうも単刀直入に『今のうちに中絶してくれ』とはなかなか切り出せず、

「……えっと、このあとのバイトっていうのは、なにを……？」

どうでもいいことだったが、とりあえず話のきっかけに訊いてみる。

「今日はカプセルホテルのフロントです。あと弁当屋とラブホの室内清掃とたまに単発のバイトもしてますけど。ホストとかのほうが稼げるとは思うんですけど、昼夜逆転したり深酒すると稽古に支障を来すから、座長から水商売は禁止っていうお達しがでてるんです」

「なるほど」

……まあたしかに造作は悪くないし、口もうまそうでホストでもなんでもやれそうだけど、と思っていると、「そちらさんのお仕事は？」と訊かれた。

「……公務員です。都の道路建設事務所の総務課に……」

いや、別にこんな話はどうでもよくて……と尚が中絶について口を開こうとしたとき、

「わざわざ仕事帰りにこんなとこまで来た理由をパッと思いつくだけ挙げてみるから、当たりがあったら『ピンポーン』って言ってくれます？　a．たまたま通りすがり　b．稽古場覗きが趣味　c．まさかのシベリアブリザード入団希望　d．俺に一目惚れしてストーカー　e．座長に一目惚れしてストーカー　f．その他の団員に一目惚れしてストーカー」

「……」

ペラペラとふざけた選択肢を並べる相手に尚は目を眇める。

思わず『ブー！』と大不正解音を返してやりたくなったが、あまりにも大人げないうえに相手が面白がりそうだったので、尚は大きく溜息をついて静かに言った。

「……真面目に話したいんです。今日梯先生からメールがきて、十一週だと聞きました。つわりでかなり痩せたそうで、だいぶ身体にも負担になってきたのではないかと思うんですけど、あの、今のうちに……」

「……やっぱり堕《お》ろせって言いに来たんスか？」

「……」

なんでこんな路上でこいつと避妊に失敗したカップルみたいな会話をしなくちゃいけないんだ、と思いながら尚は小さく頷く。

騎一はポリポリと髪の短い頭をかき、突然声音を変えて、

「『…どうしてそんなひどいこと言うの。尚さんのバカッ！　あたし産むから。絶対この子はひとりでもあたし産むからね！』」

「……」

なにをふざけているのか、と咎めるよりも、見た目も声も男なのに一瞬見知らぬ本物の女に詰《なじ》られた気がしたほど纏う雰囲気が変化したのに圧倒されて、尚は呆気《あっけ》にとられて隣の男を凝視する。

騎一はぱっと表情を素に戻してニッと笑った。

「…って俺が女だったら言ってるけど、男だから『朝来野尚の馬鹿《ばか》野郎ッ、わざわざ堕ろせなんて言いに来んじゃねえ！　あんた、あのとき勝手にやればって俺に言ったよな？

あんたに兄弟として籍に入れろとか面倒みろとか一切言ってねえだろ！　俺ぁ産むからな、ぜってえ産むからな！』って言いますよ？　……ヤベ、怒鳴ったら、ちょっと吐きたくなってきた……」

うぐ、とえずくのを堪えるように騎一は口元に手をやる。

食ってねえとなんも出ねえんだけど、と込み上げる吐き気に喉《のど》を鳴らす騎一に尚は焦る。

これも演技なのか本気なのかわからず、でも本当に気持ち悪そうにしか見えないから背中をさすったりしたほうがいいのかと逡巡《しゅんじゅん》しているうちにおさまったらしく、

「……はぁ。結構ヘビーな体験っスね、つわりって。よく『つわりは病気じゃないんだぞ、ダラダラしてないで、ちょっとは部屋片付けろよ』なんて妊婦の奥さん叱《しか》る夫がいるっていうけど、おまえも一回やってみろって感じですよ。ま、ずっとじゃねえし、若様が頑張って俺の腹にくっついてる証拠だから我慢できます。あ、若様ってこの子のあだ名なんですけど」

「……」

胎児にあだ名なんかつけるなんて、やっぱりふざけた奴、と尚は思う。

なんでこんな大変な思いまでして、男のくせに他人の子を産むなんて言い張るんだ。

どう考えたってこいつのほうが大馬鹿野郎なことをしているのに、なんで俺が馬鹿呼ばわりされて、殺人示唆する極悪人みたいな気分にさせられなきゃいけないのかと腑《ふ》に落ち

ない気持ちになる。

　黙って歩いているうちに、いつのまにか駅のエスカレーターを上がって上まで来ていた。閉じた傘の先を振って雫《しずく》を払いながら、このまま平行線で別れたら今日来た意味がない、と尚は視線を上げて騎一を見やった。

「…あの日、『勝手にやれ』なんて、煽《あお》るようなことを言ったことは悪かったと思います。けど、ほんとにやるとわかってたら言いませんでした。俺の言葉のせいで売り言葉に買い言葉で意地になってこんなことさせちゃったんだったら、謝ります。…六車《むぐるま》さんに俺の父の子を産んでもらう義理はないし、現実的に考えてもバイトをかけもちするような生活で子供を育てられるわけがないし、この先おなかがもっと目立ってきたら周りも不審がるだろうし、男の妊娠なんてバレたら大騒ぎになって、梯先生も医師免許剝奪《はくだつ》とかになるかもしれないし、こんなこと続けてても誰のためにもならないと思うんです。だから……」

　堕胎してもらえないか、と続けようとしたとき、電車が到着したらしく改札から大量の人波が流れてきて、エスカレーター脇の階段の最上段にいた尚の背中に誰かが突き飛ばすような勢いでぶつかってきた。

「え、…あ！」

　階段が濡《ぬ》れていたせいで踏ん張りがきかずに尚はつんのめるようによろめく。

「ちょ、おい！」

ズルッと階段から片足を踏み外して宙に抛《ほう》りだされた瞬間、伸ばされた手を思わず摑んだことは覚えている。

頭から真っ逆さまに落ちる間、世界がスローモーションで無音になったような気がした。無意識にきつく目を閉じて、藁《わら》にも縋《すが》る思いで手に触れるものにしがみつく。

重力に従ってダン！　と階段に叩《たた》きつけられたが、なにかを下敷きにしている感覚があった。そのままズズズッとさらに何段か滑り落ち、やっと停《と》まった気配に目を開けると、階段半ばの踊り場に騎一に乗るように倒れていた。

「…ウ…」

呻《うめ》いた騎一の身体から慌てて退《ど》こうとしたとき、自分の片膝《かたひざ》がぎゅっと相手の腹部に食い込んでいたのに気づいて尚の血の気が引く。

「ごっ、ごめん、俺……！」

もしかして蹴《け》ったかも、と焦って相手の身体から下りて助け起こそうとすると、騎一は苦しそうに顔を歪《ゆが》め、

「……いってぇ、腹……」

と下腹部を押さえて身体を丸める。

「…きゅ、救急車、今すぐ呼ぶからっ……」

尚は動揺のあまりカタカタ震えながら携帯を取り出し、なんとか覚束《おぼつか》ない指先で一一九

を押そうとすると、

「…駄目だ、ラボのほうに……」

苦しそうな声で止められ、尚はハッとして普通の病院ではまずいことを思い出す。梯を呼び出して、階段から転落して全身を強打してしまったうえに腹部を蹴ってしまったことを伝えると、すぐにラボへ連れてくるように指示される。

雨が降り続く踊り場に倒れる騎一の上半身を覆うように傘を置き、自分の上着も脱いで冷やさないように上からかけながら、尚は「今、タクシー呼んでくるから」と言い置き、急いで階段下まで駆け降りる。

相手を下敷きにしていたとはいえ、一緒に転落した自分の身体もあちこち痛んだが、そんなことに構っている暇はなかった。タクシー乗り場で空車を見つけ、ドアを開けてくれた運転手に事情を話して一緒に来てもらう。

両脇からふたりがかりで抱えるようにして騎一を後部座席に乗せ、急いで自分も乗り込み、運転手に行き先を伝える。

「あの、痛いですか…？　横になったほうが楽なら、俺に頭乗せていいですから」

前のめりに両腕で腹部を庇《かば》うようにして、額にうっすら脂汗を滲ませる騎一に尚はどうしたらいいのかわからずおろおろした声を出す。

「…悪い、そうする…」と騎一はどん、と尚の腿《もも》に倒れこんできた。

苦悶《くもん》の表情を浮かべる横顔を上から見下ろし、尚は震える手を伸ばして腹を押さえる騎一の手の上に重ねる。

昔、神経過敏な子供だったのでよく夜中に腹が痛くなり、母に優しく撫でてもらうと不思議に痛みが和らいだことを思い出して、尚は騎一の手の上から遠慮がちに腹を撫でる。

気休めかもしれなくても、なにかすこしでも楽になるようにしてやりたかった。

蹴りつけてしまったことは不可抗力だったとはいえ、転んだ自分を助けようとしてくれた相手やその胎児に苦痛を与えるのは本意ではなかった。

ぎこちない手つきで撫でていると、騎一が尚の手の下から自分の手を抜いた。

「……あ、触らないほうが……？」

余計なことをしたかもと慌てて手を離そうとした尚に騎一が「違う」と首を振る。

「…あんたの手のほうがあったかいから……もっとずっと、やっててほしい」

初めて聞くような素直な口調で頼まれ、尚はかすかに目を瞠り、「…う、うん」と頷く。

相手の手越しではなく直接シャツの上から触れると、普通に平らな腹筋の感触で、まだ別の命が宿っているような感じはしなかった。

それでも本当にもしここに新しい命があるなら、産んでほしくなんかないんだけど、でも自分のせいで流産するようなことになったらそれもなんだか後味が悪いから、頑張ってほしいような気もする…と自分でも整理のつかない気持ちを抱えながら、尚はラボに着くまでの間、すこしでも痛みがおさまるようにと騎一の腹をそっと撫で続けた。

ラボに着くと、玄関口に梯とスタッフがストレッチャーを用意して待機しており、タクシーから降りた騎一を乗せてすぐ診察室へと向かう。

「……先生、ごめん。どうしよう、結構派手に転んじまって……若様大丈夫かな……」

「落ち着いて。すぐ検査してみますから」

搬送するスタッフのうしろからついていきながら、尚は声に不安を滲ませる騎一と梯の様子にいたたまれない気持ちになる。

診察室へ運び込まれ、服をはだけられて露《あら》わになった腹にゼリーを塗られて超音波のプローブを当てられる騎一を、スタッフの邪魔にならないように尚は入口《いりぐち》のあたりからうかがう。

梯がプローブを動かしながらモニター画面を眺め、しばらく沈黙したのちに、ハァと大きく息をついて天を仰いだ。

まさか…、と尚は青ざめながら画面を確かめようと目をこらしたが、携帯に送られてくるものと同様どこがどうなっているのか素人目《しろうとめ》では読み取れない。

「…先生…どうなんですか…？」

強張《こわば》った声で訊いた騎一に梯は微笑を向ける。

「大丈夫です、若様は生きてます」

「……っ」

尚は思わず止めていた息を吐き出して肩の力を抜く。

そんな自分にハッとして、

（…いや、別に俺がほっとする筋合いじゃないんだけど、今回は俺のせいで危ない目に遭わせちゃったから……）

と内心で言い訳していると、梯がまた別の機械を操作したのと同時に、尚の耳に「ドッドッドッドッ」という速くて規則的な音が聞こえてきた。

「ほら、若様の心音ですよ」

初めて超音波ドプラーの胎児心音を聴き、尚のうなじあたりの産毛がさわりと逆立つ。

怖いような、でも神聖なものに触れたような、ひとことで言い表すのが困難な気分だった。

相手の体内にたしかに生きている命があると初めて実感した尚の目に、モニターを見上げていた騎一が片手で目を覆う姿が映った。

「……よかった……若様が無事で……」

絞り出すように呟いた声が安堵《あんど》に掠れていて、ほんのわずか湿り気を帯びているように感じられて尚は目を瞠る。

いつもガラが悪くて突拍子もない態度ばかりの相手が、まさか胎児の無事を喜んで涙ぐむなんて信じられなかった。

それでも「ほんとによかった…」と嚙み締めるように繰り返した相手の声は心からのものに聞こえて、そんな相手の姿を見ていたら、尚の胸の奥でなにかがコトリと動く。

「騎一くん、泣かなくても大丈夫ですよ。若様はサロゲートファーザーに似て強い子ですから」

梯がやんちゃで愛すべき生徒を見守る穏和な教師のように騎一の頭をぽんと優しく撫でると、騎一はごしっと手で目を拭《ぬぐ》い、

「…もう先生、こういうときは空気読んでさらっと流してくださいよ、そんな心を込めて慰められたら照れるでしょうが。ウミガメだって産卵するとき泣くじゃないですか。俺だって、若様が無事って聞いたら嬉しくて、ちょっとうるっときちゃっただけです」

照れかくしのように横たわったまま騎一は梯の脚あたりを軽くパンチする。

そんなふたりの様子は、本気で胎児を愛《いと》おしみながら生み出そうとしているように思えて、尚はもうこのふたりに胎児を中絶してほしいとは言えない心境になってくる。

……なんとなくだけど、この男なら、本当に自分の子じゃなくても愛情をかけて他人の子供を育てちゃいそうな気がする……。こんなちゃらんぽらんそうで、ふざけてて、男のくせに妊娠するような非常識な奴だけど、こんなふうに泣くほど大事に想っているって、ちゃんと子供に伝えられる親になるのかもしれない……。

尚がぼんやりそんなことを思っていると、

「先生、ひとまず無事って言ってもらえて安心しました。けど、ほんとにすいませんでした、勤務時間外なのにわざわざ出てきてもらっちゃって」

騎一が寝たままぺこっと詫《わ》びると梯は微笑して首を振る。

「大丈夫ですよ、検診日以外でもなにかあったらいつでも連絡くださいといつも言ってるでしょう？　…若様はいいとして、つぎは騎一くんの身体も調べなくては。転落したとき頭は打ちませんでしたか？　念のためCTを撮っておきましょう」

騎一はおどけた表情を浮かべ、

「一応首は浮かしてたつもりなんだけど、ちょっと階段にゴンゴン当たったかも。これ以上パーになったら困るから一応調べてください」

「またそんな、実はT大出なのに、騎一くんは」

「や、出てないっすよ、中退だもん。自慢じゃねえけど」

あはは、とこともなげに笑う騎一に尚は（…嘘、意外すぎる…すごい馬鹿っぽいのに…）

と内心驚く。

「先生、頭より、なんか若様が無事ってわかったら、急に背中と腰打ったところが超痛くなってきた」

「そちらも診てみましょう、ヒビが入っていたりしたら大変です」

お願いしますと言いながら、騎一は尚に視線を向ける。

「先生、ついでにあの人も診てやってください。一緒に落っこちたから、どっか怪我してるかも」

「そうでしたね、尚さんも検査しておきましょう」

と梯に振り向かれ、尚は慌てて

「いや、俺は平気です、六車さんが庇ってくれたんで頭とかは打ってないです。…あの、ほんとに申し訳ありませんでした、俺の不注意でこんなことに……」

わざとじゃないにしても原因は自分なので頭を下げると、騎一はさばさばと言った。

「別にあんたのせいなんて思ってねえよ、あんただって誰かに突き飛ばされた被害者じゃん。ま、痛かったけど、若様も無事だったし、いつか『蒲田《かまた》行進曲』の主役やる日に備えて『階段落ち』のリアルなリハーサルしたと思えば無駄じゃねえよ」

父親の戯曲は興味なくてもつかこうへいの往年の名作くらいは知っていたので、

「え、そんな主役を演じる予定があるんですか？」

「ねえよ、『いつか』っつったじゃん」

「……」

　CT室へ搬送されていく騎一を目で追いながら、

（……あのひねくれ気味の能天気さはなんなんだ……。あまりにも自分と思考回路が違いすぎてわけわかんないけど、とにかくなんだかすごすぎる……）

とこれまでまわりに存在しなかった強烈な新種の生物に尚はぽかんとする。

　騎一が頭部CT検査を受けている間、尚も別室で他の医師に診察してもらい、打ち身に湿布を貼《は》られたりして処置が終わったころに騎一が戻ってきた。

　特に異常所見はなかったとのことでひそかにほっとする。梯が騎一の上半身を脱がせ、背中を向けさせると広範囲に赤紫色の内出血が広がっていた。

「これは痛そうですね。一番大きい湿布を処方しておきます」

　冷湿布を何枚も貼られてひゃあひゃあ悲鳴を上げる騎一の処置を済ますと、梯が家まで送ると申し出た。

「や、いいです、先生にそこまで甘えちゃ悪いし。先生には時間外なのに面倒かけちゃったし、まっすぐ帰ってください。方向も違うし」

　いや、ついでですから構わないですよ、と言う梯に騎一が返事をする前に、尚は思わず「あの」と口を開いていた。

「……俺がタクシーで送ります。怪我させちゃったお詫びに……」

本来はかかわりあいたくないけど、今回は自分のせいだし、と尚が自分に弁解していると、騎一は片眉を上げた。

「……ふーん、じゃ膝蹴りした責任はとってもらって、遠慮なくあんたにはタクシー奢《おご》ってもらう」

「……」

意図的に膝蹴りしたわけじゃなく結果的に膝蹴りになってしまっただけなのに、と言いたかったが、事実なのでぐっと堪え、スタッフに呼んでもらったタクシーに同乗する。

タクシーの中でバイト先に無断欠勤の理由を伝えて詫びている騎一の声を聞きながら外を眺めていた尚は、到着した騎一の自宅に目が点になる。

そのアパートは劇団の稽古場からそう遠くないところにあったが、アンティークとかレトロなどという言葉で言い繕うにも無理がありすぎる、絵に描いたようなオンボロアパートだった。

今時こんな建築物がまだあるのか、と坊ちゃん育ちの尚は呆然と立ち尽くす。

「白湯《さゆ》でも飲んでいきます？」

「……」

粗茶でもインスタントコーヒーでもないあたりで退散するべきだったのに、つい怖いもの見たさで頷いてしまう。

外観もさることながら、六畳一間の室内の壮絶さも筆舌に尽くしがたく、「収納」という概念を知らないのかと思うほど万物が散乱し、万年床を埋め尽くすように積み上げられた大量の本で床はたわみ、今地震がきたら確実に倒壊して圧死すると確信できた。

靴を脱いで上がることを躊躇している尚を見て騎一がにやっとおかしそうに笑って、

「いまちょうど汚さMAXなんですよ。たまに後輩が掃除しにきてくれるんで、そのときだけちょいと寛《くつろ》ぎのスペースができるんですけど、気づくとすぐこうなっちゃうんですよね。一応弁解させてもらいますけど、今は寝に帰るだけだからやらねえだけで、必要に迫られれば自分で片付けられるんですよ？　若様が生まれたあともこんな状態にするつもりじゃないので、心配には及びませんから。ちなみにここ名前が『第二常盤荘《ときわそう》』っていうんです。『トキワ荘？　そこにします！』って物件見ないで名前で即決しちゃったら、すげえボロすぎて笑っちゃったけど、家賃が破格なんですよ」

「……」

…トキワ荘だかなんだか知らないけど、この部屋のどこをどうすれば寛ぎの空間ができるというのか…、ていうか、自分で片付けられるならこんなになる前に片付けろよ…と尚はあんぐりしすぎて言葉も出てこない。

小汚いヤカンで沸かす白湯なんか飲んだら自分がつわり状態になる、と尚はコンロの前に立つ騎一に「白湯は結構なので帰ります、お大事に」と言おうとして、ふと近くに付箋《ふせん》のたくさんついた保育士関連の本が数冊転がっているのに気づく。

尚の視線を追って騎一が白湯入りのプリンの空き容器を差し出しながら言った。

「今勉強中なんです、それ。さっきバイトかけもちしながら子育てなんて無理って言われたけど、一応フリーターはやめて保育士の資格とって、ちゃんと働きながら育てる決意なんですよ。梯先生がコネ使って、受け入れ先の保育所の目処《めど》もつけてくれたし。給料ちゃんともらえるようになったらもうちょいまともなところに引っ越すつもりだし」

「……」

驚いて思わずプリンの容器を受け取ってしまい、うっかり口元まで運び、尚はハッとして遠ざけながら、

「……劇団のほうはどうするんですか？」

よく知らないが、シベリアブリザードなんてたぶんマイナーなアングラ劇団で、さっきの稽古場でのわけのわからない踊りを見た限り、コアなファンはついてもメジャーにはなりそうもないし、このまま夢を追い続けていたって先は知れているだろうと思う。

でも、自分で限界を悟って諦めるのと、他人の子供を育てるために諦めるのとでは意味合いが違う。

騎一は処方された大量の湿布をデイパックから取り出しながら、

「劇団は産休と同時に一時幽霊団員になります。座長も戻ってくるまで待ってるって言ってくれたし、俺は『六車騎一』っていうひとりの人生だけじゃなくて、いろんな人生を生きられる芝居の面白さからはたぶん離れらんねえから。けど、今は若様を優先します。ひとりで育てるハンデもあるけど、でも俺演劇やってたおかげで若様に父親役も母親役も一人二役うまくやってやれると思うんです。それに朝来野先生だって出世作は三十三歳の時だったから、そう考えたら俺にもあと十年猶予があるし。別に今すぐ演劇の世界でひとかどにならなきゃ終わりってわけじゃねえし、年取って初めて出せる味とかあると思ってるから、インプット期間と思って子育てのほうを頑張るつもりです。子供が親に愛されてるって感じられたらそれだけで子育ては成功だってなんかで読んだんだけど、今は演劇で成功するより、そっちの成功を目指そうと思って」

「……」

気負いなく当たり前のことのように語る相手を見つめ、少なくとも、こんなふうに子供に全力で向き合う気でいる男を父親に持ったら、その子は自分みたいな淋《さび》しい思いはしないのではないかという気がした。

尚は手に持ったプラスチックの容器に視線を落としながら言葉を探す。

「……あの、今はもう、どうしても中絶してほしいとは、思っていません。でも、その子を兄弟と思えるかどうかは正直自信がなくて……、ただ、望んだわけじゃないけど、現にもう父の子供があなたの胎内で育っているのに、あなたひとりに押し付けて俺がまったく関与しないっていうのも、ちょっと違うかもって思えてきて……」

なぜそんなことを言ってしまったのか尚は自分でもわからない。

「……あの、もしよかったら、しばらく、うちに来ませんか……？」

「え」

意外そうな顔をした相手に尚は慌てて理由をつらねる。

「いや、その、今は実家だから部屋も余ってるし…ここより広くてこんな倒壊の危険とかないし…、その、ちゃんと次の子育て向きの物件を見つけるまでの仮住まいというか……それに今日俺のせいで怪我させちゃって、そんな身体でバイトかけもちさせるのは悪いし…、だから、稽古や資格取る勉強に専念できるように、産まれるまで、部屋とか食事とかを提供するくらい、お詫びにしたほうがいいのかなと思って……父の子なんだし……」

こんな変なおせっかい野郎に譲歩しすぎかも、とも思うが、父の子供のために進もうとしていた道を変更すると聞かされたら、相手にすべて任せて無視しているのも心苦しい気持ちになってしまう。

余計なお世話だったら無理にというわけじゃないけど……、と思いながら尚が目を上げると、騎一が飄々《ひょうひょう》と言った。

「……そのお誘い、これで三人目。なんかよっぽど俺がひとりで妊夫ライフを送るのが危なっかしく見えるのか俺の人徳のおかげかわからんけど、高校の後輩と梯先生からも言われたんですよ、うちにおいでって」

…ふうん、じゃあさっさとこんな凶器みたいな本のタワーの林立するゴミ部屋じゃなくて他の人のところに転がり込めばいいじゃないか、俺だって別に好きこのんで提案したわけじゃなく義務としてしょうがなく言っただけだし…と尚が心の中でぶつぶつ思っていると、

「ちなみに実家ってことは、朝来野先生のご自宅だったところですよね？　まだ朝来野先生や小山内先生の仕事場とかそのまま残ってるんですか？」

唐突に訊かれて尚の眉根が寄る。

「……小山内さんは元々住んでたマンションを仕事場にしてたらしいので、うちには……」

父親の再婚相手とはほとんど交流がなく、マンガも読まないので、かなり有名な人らしいということくらいしか知らない。彼女のマネージャーが仕事場や遺品の整理などをすべて請け負ってくれたので助かったが、自宅の父の書斎のほうはトラウマで中に入りたくないので手つかずで残っている。

「そうなんだ、シベリアのメンバーはみんな朝来野先生や『硝《ガラ》カメ』のファンばっかりだから、ほんとに事故のニュース聞いたときはみんな大ショックだったんです。…朝来野先生の仕事場も自宅とは別のところにあるんですか？」

「いえ、父はずっとうちで仕事をしていたので…」

…そのせいで俺はどんなに抑圧されてきたか…なんにも知らずに朝来野寛朝来野寛って、おまえにとっては神かもしれないけど、俺には神でもなんでもないんだよ、と不貞腐《ふてくさ》れ気味に尚は言った。

「……あなたは朝来野寛にどんなイメージを抱いてるんですか？」

騎一は憧れの劇作家について語りたくてしょうがないというように目をキラキラさせて、

「やー、あんまし朝来野先生はテレビとか雑誌のインタビューとか受けない主義だったし、私生活を匂《にお》わせるようなエッセイとかブログとかもやってなかったから、ほんとのところはわかんねえけど、作品から想像する朝来野寛像は、優しくて陽気で面白くてプラス思考で、博識で凝り性で、ちょっとエキセントリックなところもあるけど、目のつけどころが凡人と違って、シャイでロマンチストな人っていう気がするな」

「……」

……誰のことだ、それは、と尚は鼻で笑いたくなる。

ほんとにそんな人が父親だったら自分は随分幸せな子供時代を送れただろう。

尚はまったく見当違いの勝手なイメージを語る騎一に実像を伝えて幻滅させてやりたくなり、

「……全然違うから、真の朝来野寛は。俺から見たら、あんな奴ただの偏屈でヒステリーでものすごい陰気で同じ家にいるだけで息が詰まるクソジジイだったんだよ！　あんな暗い人間が喜劇書いてるなんて詐欺か二重人格としか思えないのに、みんな騙されちゃって子供のころからさんざん羨《うらや》ましがられてうんざりだった。人気劇作家の肩書《かたがき》なんかなくていいから普通のお父さんらしい父親と取り換えてほしいってずっと思ってたよ。いつも書斎に閉じこもってたけど死ぬほど遅筆で、書けないと物に当たるし、息しても怒られるんじゃないかと思うほどハリネズミみたいにいつも神経尖《とが》らせて、父が家にいると思うだけで恐怖だった。めちゃくちゃ気が小さくて、劇場で実際に観客が笑ってくれたのを見たときだけちょっと落ち着くけど、劇評が出て酷評されたら首でも吊《つ》りそうにヘタレるし、大酒飲んで『じゃあお前がもっと名作書いてチケット五分で完売してみろ！』って暴れるし、そんなのの繰り返しでほんとに大迷惑な奴だったんだよ、あんたの神は！」

一息にわめいて、つい尚は白湯を一気飲みして喉を潤してしまい、ギョッと我に返ってプリンの容器を凝視する。

……しまった、けど一応沸騰《ふっとう》させてたから大丈夫か？　と自問しながら目を上げると、面白がるような瞳でこちらを見ている騎一と目が合った。

憧れの劇作家の本性を知って幻滅したかと思ったら、どうもそんな様子ではない。

肩透かしを食らった気分の尚に騎一はあっさりと、

「だったらあんたも偏屈でヒステリーで陰気で神経質だから、朝来野先生にそっくりってことじゃん」

「は!?」

そんなことを言われたのは初めてで、あの父親に似ているなんて怖気《おぞけ》が立つようなことを言うな、と目で訴えると、騎一は首を竦める。

「ま、たしかに作風と作者がイコールとは限らねえけど、作品のどっかには作者の人間性って滲み出ると思うし、あんたにとってはいい父親じゃなかったみたいだけど、作品でたくさんの人を笑わせたり泣かせたりあったかい気持ちにさせたすごい人なんだからさ、そんな嫌わねえでやれば？　だいたいパソコンの前に座れば全然生みの苦しみもなくターッとロボットみたいに書ける作家のほうが珍しいんじゃね？　それにゼロから物を創《つく》りだす人間ってみんなたいていどっかちょっと変なとこあるよ。俺は朝来野先生が実は暗くてヘタレだったたって知って、なんか親近感湧いたっつうか、余計ファンになったけど」

「……え」

まるで狙《ねら》いと裏腹な見解にぽかんとする尚に、騎一は悪戯《いたずら》っ子《こ》めいた笑みを片頬に浮かべながら言った。

「さっきの同居のお誘いだけど、遠慮なくあんたのところに世話になろっかな。なんかあんた、見かけはツンとしてんのに超ファザコンでガキっぽくて面白《おもしれ》えから」

「なっ、ファザコン!?　誰が…！」

「あんたが。無茶苦茶《むちゃくちゃ》こだわってんじゃん。大っ嫌いだったってヒスってるけど、ほんとは大事に愛されたかった、でも望んだように愛してくれなかったからずっと傷ついてたって拗《す》ねてるようにしか見えねえけど？」

「……」

わかったふうなことを言うな、ファザコンなんて思ったこともないし、二十四にもなって今更父親に愛されたかったなんて拗ねてないし、自分のほうがひとつ年下のくせにおまえにガキっぽいなんて言われたくない、とムッとして同居の申し出など即却下しようとすると、

「背中の湿布、自分じゃ貼り替えにくいだろうなぁ。この怪我の原因作ったうえに俺と若様に膝蹴りかました人の世話になってもバチは当たんねえと思わねえ？　それに梯先生から聞いた話だと、海外で代理出産頼む場合エージェントとか医者とかにも金取られるから、合計で二千万くらいかかるんだって。もし正規に依頼してたらそんくらいかかってたと思えば、俺の食費くらい微々たるもんだし、あんたさっき、朝来野先生の子を俺ひとりに押し付けて無視するのは悪いから食事や部屋を提供するくらいやってやるって自分から言い出してくれたよな？　俺が勝手に始めたことで、あんたになんも期待なんてしてなかったけど、せっかくあんたのほうからそう言ってくれたんだから、断ったら悪いよな？」

「……」

ニッと笑いかけられ、これは脅迫ではないのか、と言いたかったが、言質《げんち》をとられて言い返すことができず、尚は扱い方もよくわからない新種の珍獣を家に連れて帰るはめになったのだった。

＊＊＊＊＊

うっかり自分から余計な提案を口走ってしまったせいで、珍獣と暮らすことになって四週間が過ぎ、それまで静かだった尚《なお》の生活は激変した。

一人暮らしが長かったので、他人と、ましてや珍獣と同居することに当初はかなり戸惑いがあったが、相手があまりにもマイペースなので気を使うのもバカらしくなり、ようやく最近なんとなくお互いのリズムが摑めてきた。

珍獣の気ままなライフスタイルのなかでも、尚が一番驚いたのは珍獣の食事量が半端じゃないことだった。

同居当初はつわりがピークで、しばらくトマトと豆腐しか受け付けないようだったが、すこし楽になってくると反動のように目に映る食べ物を手当たり次第に食いまくり、今では見ているこちらが吐きそうになるほどものすごくよく食べている。

妊娠するとこんなに食べるものなのか、とひそかにマタニティマニュアルを購入して読んでみたが、体重の増えすぎは妊娠中毒症の原因になったり、痩せている人が急激に太ると妊娠線というものができたりすると書いてあった。

外見的にはあの大量の食糧がどこに消えるのか不思議なほど体重が激増しているようには見えなかったが、一応騎一《きいち》に注意を促すと、「俺が食ってんじゃなくて、若様が食いたがってるんです」と妙な詭弁《きべん》を返してくる。

作ってやったものはなんでも大喜びで完食するので、そのへんは可愛げがないわけではないが、「エンゲル係数」って言葉知ってるか？　と聞きたくなるほど暇さえあればなにかを口に入れている。

全然微々たる食費じゃないじゃないかと思うが、二千万より少ないのはたしかだし、他に使うあてがあるわけでもないからこれくらいまあいいか、と仕事帰りに毎日買い物して帰宅するのが日課になってしまった。

騎一の高校の後輩という相手から頻繁に食糧が箱で送られてくるので助かっているが、それも届くとすぐにピラニアに襲われたカピバラのように跡形もなくなってしまう。

真冬にスイカしか食べられない、スイカが食べられないと死ぬ、と泣いて夫に法外な値段のスイカを買いに走らせた妊婦のエピソードなどもマタニティマニュアルに載っていたので、(まあ選《え》り好《ごの》みしないでなんでも食ってるだけマシかも。梯《かけはし》先生にも検診で特に注意されてないみたいだし……。あと胎児に鉄分やカルシウムを取られるらしいから補えるメニューを考えてやらないと……)などと尚はつい無自覚に騎一の妊夫ライフをこまやかに気遣ってしまう。

さらに騎一はよく食べるだけではなく、なにかと騒々しくどたばたしている。

初対面からよく喋《しゃべ》る男だとは思っていたが、突然「ぎゃはははは!」と居間から爆笑が聞こえるので家事の手を止めて何事かと聞きにいくと、ドラッグストアの広告を指して、

「『炭ガキ』ってネーミング、ナイスじゃね? 炭のハミガキでスミガキだって。ぶふっ!」

「……おかしいか? それが」

「うん、なんか超ツボった」

「……そうか、よかったな」

無表情の棒読みで返して家事の続きに戻る、というようなやりとりが日々何度も繰り返されている。

笑いのツボが違うので、どこがおかしいのかさっぱりわからないようなことで相手はしょっちゅうゲラゲラ笑っており、うるさくてかなわないが、マタニティマニュアルによれ

ば妊婦が気分よく楽しく過ごすことが一番の胎教だと書いてあったので好きにさせている。

　腹が目立つようになるまで劇団もバイトも続けるらしく、稽古から帰ってくると家でも歌ったり踊ったりやかましいので、以前自分が使っていた防音の練習室にソファベッドを入れて宛《あて》がっているが、廊下でも風呂場でも台詞《せりふ》の練習だのなんだの常に騒々しい。

　父がいた頃は、針一本落とせないような緊迫感のある重い静寂が支配していたこの家にこんなに雑音や能天気な声が氾濫《はんらん》しているのは生まれてこのかた初めてで、珍獣がひとりいるだけでまるで別の家のようだと尚は思う。

　ふたりで暮らす生活にもなんとか慣れてきたある日、居間のソファで保育士の教科書を開いていた騎一がふと思い出したように言った。

「そうだ、尚さんって音大出てるんですよね。あの部屋にバイオリンとかピアノとか楽譜とかいっぱいあったし、あとでなんか生演奏してくれませんか？　若様の胎教に」

　年下なので、ちゃんと「さん付け」で呼ぶように、という言いつけを一応守っている騎一に視線を向け、尚は素っ気なく「無理」と答える。

「もうずっとまともに練習してないから指動かないし。別に好きでやってたわけじゃなくて、父へのあてつけで習いはじめてなんとなく続けてただけだから」

　胎教したいならＣＤでも聴かせればいいし、わざわざ俺がそんなことまでしてやったら、まるで俺まで若様が産まれてくるのを喜んで待ち望んでるみたいじゃないか、と尚は心の中で反論する。

「へえ、好きじゃないのになんとなく続けてて音大行けちゃうって逆にすげえと思うけど。……なんで音楽を習うことがあてつけになるんですか？」

「……ずっと父の仕事中は静かにしなきゃダメって言われ続けてたから、なんか正当な理由で思いっきり音立てて邪魔してやりたかっただけ、ガキだったし」

改めて口にすると本当に子供じみていると思うが、バイオリンをはじめたきっかけはそんな理由だった。とにかく父のいる家からすこしの間でも離れられるなら、習い事はなんでもよかった。たまたま近所で教室を開いていた先生がとても熱心で、将来音大に進むなら必要になるからとピアノも教えてくれ、その時間だけは頭をからっぽにすることができた。

家の中にはすぐ防音の部屋を造られてしまったのであまり父への妨害にはならなかったが、家で心おきなく音を奏《かな》でられるのはいいストレス発散になっていたと思う。

母の死後、音楽高校に寮があったから入寮したいがために進路を決めたようなもので、自分の実力が演奏家になれるほどのレベルではないことは自分でわかっていた。

メジャーな交響楽団は欠員がなければあまり新規募集をしないし、教職やこども向けの音楽教室の講師というのも向いていないような気がして、卒業後は父のように不安定なフリーランスの仕事ではなく、堅実な道を選ぼうと公務員試験を受けたら受かってしまったので現在に至っている。

それに父は劇作という才に恵まれて名を上げているのに、自分にはそこまでの音楽の才はなく、ジャンルは違うが「お父さんはすごいのに…」などと比べられたくなくて、趣味で弾くのも一切やめて才能とは無関係の仕事に就きたかったというのもあると思う。

けど、なんでこんなことまでこいつに話しちゃってんだろ、俺……と思いつつ、尚がぽつぽつとそんな話をすると、騎一は「ふーん」と呟いて、ちょっと考えてから言った。

「なんか、やっぱ尚さんて超ファザコンっつうか、なにかを決めるときの基準が全部お父さんなんスね」

そんなことはない、と言いかけると、

「だって、ただ家から抜け出す口実ならほかにもいろいろ習い事はあるのに、楽器を選んだのは、単にお父さんを邪魔したいってだけじゃない気がする。言葉で気持ちを伝えあえるような普通の親子関係じゃなかったみたいだから、ちゃんとここに自分がいるんだって音で伝えたがってたんじゃねえかな。仕事決めるのもお父さんとは逆の道、みたいな選び方で、なんかなにもかもお父さんに囚《とら》われちゃってる感じで生きづらそう。別に演奏家になれなくたって、尚さんが弾いてて楽しかったんなら全然無駄じゃねえと思うし、無価値なわけでもねえのに、自分で勝手にお父さんと比べてダメだとか劣等感持っちゃってるみたいな気がするんだけど」

「……」

勝手な分析にムッとして口を噤む尚に騎一は飄々と続けた。

「親がすごい人だと子供はそんなふうに思っちゃうのかもしんねえけど、尚さんは尚さんなんだからさ、誰とも比べる必要なんてねえのに。張り合う相手は昨日の自分にすりゃいいだけで、他人と比べたって意味ねえし、『みんなちがってみんないい』でいいじゃん」

「……」

あんな父親にそこまで影響なんかされてないし、張り合ってなんかいない、と思いたいが、言われてみると、一人相撲《ひとりずもう》のように無駄に意識して自分を息苦しくしていたところもあるかもしれない。

こいつみたいに「人は人、自分は自分」と、あっさり割り切れたらたぶん楽になれる気はするけど、長年培《つちか》ってきた性格だから急にそんなふうには思えない。

黙っている尚を見上げて騎一は言った。

「まあそこまで頑《かたく》なにさせちまうほど、朝来野《あさくの》先生がなんで尚さんのこと可愛がらなかったのかわかんねえけど、親も万能じゃねえしさ、そのときは先生も親として未熟で息子のことまで気が回らなかったのかも。なら生むなよって俺も思うけど、先生も若かったし、腕一本で妻子養ってかなきゃって必死だったのかもしれねえじゃん。もしかして先生も尚さんに父親らしいことしてやれなくて悪かったなってほんとは思ってたかも。けど、もう長年すれ違っちゃって修復不可能そうだったから、しょうがなく、かわりに尚さんにできなかった分、今度はちゃんと育てよう、みたいな気になって若様作ろうとしたのかもしれねえよ？　推測でしかねえけどさ」

そんな超楽観的な勝手な推測で庇うようなことを言うな、そんな殊勝なことを思うような父親じゃないし、悪かったと思うなら、生きているうちにいくらでも歩み寄るチャンスはあっただろう、と尚は依怙地《いこじ》な気持ちで口を閉ざす。

「事実とは違うかもしれなくても、なんかいいように考えてたほうが気分いいと思うんだけど。なんで自分のことは見向きもしないで再婚相手とは体外受精までしてんだよ、とか生きてればケンカもできるけど、もう朝来野先生はこの世にいねえんだし。尚さんになにか落ち度があったわけでもねえのに辛かっただろうけど、いつまでも亡くなった人にこうしてほしかったとか恨んでても尚さんがしんどいだけじゃん。愛してほしい相手に愛されないのってきついけど、そんなことざらにあることだし、もういくら望んでも愛してくれない人にこだわるのやめれば？　若様に罪はねえんだし、もし尚さんがこうしてもらってたら幸せだったっていうことを若様に返してあげたら、尚さんにとっても救いになるんじゃねえかな」

「……」

真顔で見つめられ、尚は唇を嚙む。

……なんだよ、さっきから妙にわかったようなこと言っちゃって……珍獣のくせに、なんかちょっと懐大きそうなこと言っちゃって……。

尚はもやもやした気持ちのままぶっきらぼうに言った。

「……自分で育てるなんて豪語しといて、やっぱり俺に子供押し付ける気でそんなこと言ってるわけ？　俺は産まれるまでしょうがないから協力するだけって言っただろ」

騎一は膝に広げた教科書の上に右腕で頬杖《ほおづえ》をつき、首を振る。

「いや、もちろん若様は俺が育てる気でいるよ。尚さんに無理に関われとは言わねえけど、もうどうやったって叶《かな》わねえことをいつまでもぐじぐじ引きずってるよりは前向きな代償行為になるんじゃねえかなと思って言っただけ。けど、尚さんがどうしても若様見たら『あの父親の子か』ってむかっときちゃうようなら、お互いのために関わらないほうがいいけど、もし普通に兄弟として可愛いって思えるんだったら、尚さんのできる範囲で関わってくれたらふたりのためにいいと思う」

「……」

……そんなの、産まれてみないとどう感じるかなんて、今は想像できないよ……と尚が困惑して黙ったまま騎一を見返したとき、玄関のチャイムが鳴った。

「こんにちは、あの、僕嵯峨結哉《きがゆいや》といいます。突然すみません、こちらに六車《むぐるま》騎一さんがお世話になっていると思うんですけど……」

いつも食糧を差し入れてくれる宅配便の伝票に記載されている名前だと思い当たり、尚がドアを開けると、やけに可愛らしい大学生くらいの男の子が両手で紙袋を提げて立っていた。

「あの、はじめまして、朝来野尚さんでしょうか……？　騎一先輩が大変お世話になっております。あのこれ、よかったら先輩と召し上がってください。あとこれも」

内気そうな様子ではにかみながら高級銘菓をあれこれ差し出され、

（随分丁寧な後輩だな、普通後輩って先輩のためにこんなことするかな……）

と尚が思っていると、背後から、

「おう、結哉、来てくれたんだ。いつもなんだかんだ送ってもらって悪いな。全部若様の栄養になってるからな。まあ上がれよ」

騎一が我が物顔で顎《あご》をしゃくって中を示す。

「先輩っ、先輩のおうちじゃないんですから……」

声を潜めて窘める様子に、（珍獣の後輩にしては常識があるみたいだな、この子は）と思いながら、尚は「どうぞ」と中へ案内した。

「あれ、おまえ今日ひとり？　和久井《わくい》さんは？」

「今日は休日出勤だそうです、なんかこのごろ忙しいみたいで」

「ふうん、せっかく俺がこっちにいて入り浸らねえのに不憫《ふびん》な人だな、あの人も」

「もう先輩はすぐそんなこと……」

そんなふたりのやりとりに（……なんか仲良さそうだな）と思いながら、尚はテーブルにお茶とお菓子を置く。

結哉は礼儀正しくお礼を言ってから、騎一のほうを向き、

「先輩、若様は順調ですか？」

結哉がごく自然に訊《なず》ねたのを聞いて、尚は動きを止め、

（……やっぱりこの子も常識ないかも。なんで男の先輩の妊娠をそんなにナチュラルに受け入れてるんだ……）とひそかに思う。

「うん、今十五週と三日。こないだの検診では若様の体重は一〇〇グラムで、リカちゃん人形くらいの大きさだって。内臓もできあがって、俺のほうも胎盤がちゃんと完成してるって。つわりもおさまったし、これからどんどん大きくなってくるらしいよ。まだ俺には感じられねえけど、羊水の中で若様はもう手足動かして指しゃぶりとかしてるって」

「えっ、ほんとですか⁉　すごい……！　なんか感激です……。ねえ先輩、ちょっとだけ、おなか触らせてもらってもいいですか……？」

「いいけど、まだ外からはわかんねえぞ」

ソファから下りた結哉が騎一の脚の間に入り込んで両膝をつき、おなかに手をそっと当ててすりすりと撫でる。

「うーん、ほんとだ。まだ膨らんでませんね……。先輩が軽く食べ過ぎたときくらいのおなかかな……」

「うん、今はほんとにさっき食べたばっかりの食べ過ぎの腹だ」

結哉は撫でていた両手でメガホンを作り、おなかに直接語りかけるように顔を寄せた。

「若様、頑張って大きくなってね。僕も若様に会えるのを楽しみに待ってるからね」

「なに可愛いことやってんだよ、おまえはもう」

騎一は結哉の髪をわしわし撫でて、「心音聞こえるか耳当ててみな？」と頭を腹に引き寄せる。

「……んー、あれ？　ごめんなさい、よくわかんないです」

「やっぱダメか、ドプラーっていう機械だと超よく聞こえるんだけど。一分間に百六十回とかすげえ速さでトクトクいってるよ」

ひしっと抱きあうように密着するふたりの様子に、尚は無言で目を瞬《しばた》かせる。

……なんか、やっぱり異様に仲良すぎじゃないか？

いや、別にいいんだけど。仲良きことは美しきことなんだけど、でも普通、先輩後輩でおなか触ったり、耳寄せたりするか？　いや、普通じゃなくて妊娠中だけど。

……このふたりって、ただの先輩後輩なんだろうか……と尚がぼんやり考えていると、結哉が騎一の脚の間から立ち上がってタタッと仔《こ》ウサギのように尚のそばまでやってくる。

「あの、朝来野さん、騎一先輩はほんとに性格が唯我独尊《ゆいがどくそん》系だし、ものすごい大食いで意地汚いし、部屋もめちゃくちゃ散らかすし、口も悪いし、お気に障《さわ》ることも多々あるかと思いますが、ほんとは熱血系の優しい人なので、どうか呆れず、今後とも何卒《なにとぞ》よろしくお願いいたします」

結哉に丁寧にお辞儀をされ、尚は「あ、いえ」と口の中で答える。

なんでこの子がまるでこいつの母親か彼女かなんかみたいに俺に挨拶《あいさつ》するんだろう。……それにやっぱり妊娠したからじゃなくて、前から大食漢だったのか、と思いながら、

「……まあ、たしかにびっくりするほどよく食べてますけど、一応バイト代入れてくれてるし、俺の身内を身籠もってくれてるので、まあそれくらいは……。あ、あといつも差し入れありがとうございます、すごく助かってます。……ええと、部屋とかは、一応ちょっとは気を使ってくれてるみたいで、この家ではあのトキワ荘ほどには散らかしたりしてないので、なんとかやってますから大丈夫ですよ」

なぜ俺がこんなフォローするようなことを……と不本意ながら答えると、結哉はほっとしたように笑顔を浮かべる。

「ほんとですか、よかった。先輩クセが強いから、慣れるまでちょっと大変なタイプなので、朝来野さんにすぐ追い出されるんじゃないかって心配だったんです。妊娠中だし一人だとなにかあったとき不安だからうちに来てもらえればよかったんですけど、ちょっとそ

うすると機嫌が悪くなる人がいて……でも、なんかうまくいってるみたいで安心しました」

……いや、別にうまくいってるわけじゃない、と言いたかったが、善良そうな後輩にわざわざ真実を告げなくてもいいか、と大人げを見せて尚は微笑を返す。

態度の大きすぎる先輩とは似ても似つかない礼儀正しい後輩は、尚に何度も騎一のことを頼み、ほわっと癒やし系の空気を残して帰っていった。

「……いい後輩だな、あの子」

……でも、ほんとにただの後輩がたびたび大量に食糧を送ってくれたり、わざわざ様子を見にきたりするのかな、と疑問が拭い去れない尚に、騎一が教科書を開きながら頷いた。

「うん、あいつは俺の知ってる中でもダントツに顔も性格も可愛いっすね。最近俺のおかげでいい恋してるから肌艶《はだつや》いいし」

「……」

……これはのろけだろうか。『俺のおかげでいい恋してるから』って、もしかして『俺に恋してるから』っていう意味なのかな……。さっきも妙にべたべたして親密ぶりが只事《ただごと》じゃなかったような気がするし……と尚が考えていると、騎一が本から視線を上げた。

「勘だけど、尚さんもゲイかバイかなって気がするんだけど、違う？」

唐突に訊かれて尚は目を瞠る。

尚さん「も」って、いうことは……？　と思いながら、

「……なんで？」

と尚は平坦《へいたん》な声で訊き返す。

ここは即答で「違う」と言うべきだったかも、と内心動揺しながら努めて無表情を保つ尚に、騎一はあっさりと続けた。

「なんとなく。結哉もそうなんだけど、尚さんもちょっと共通の匂いがするかなぁって。しばらく一緒にいるけど、女から連絡があったりとか尚さんのまわりに女の気配がねえし、尚さんて超ファザコンじゃん。ファザコンやマザコンの人にゲイ多いっていうし。あといつもこざっぱりしてるし、家の中とかもきちっとしてるし。俺の知り合いのかっこよくて爽やかで家事もバッチリこなすナイスガイが最近あっさりナイスゲイになっちゃったんだけど、尚さんも結構その人ときちっと感がかぶるかなって。あと高校時代寮に入ってたっていうから、芸術家肌の男ばっかのところで尚さんみたいにそのへんの女よりよっぽど綺麗な顔してて、しかも愛されたがってる人って狙われやすそうかなぁ、とか思って、そこで目覚めちゃったタイプかなぁとか分析してみたんですけど」

「……」

……なんだそれ、めちゃくちゃ変な偏見だらけの勝手な推測じゃないか。

俺はマザコンでもファザコンでもないし、むさくるしくて部屋が汚いゲイやバイだっているだろうし、家事のできるストレートだって大勢いるだろうし、部屋や身なりがきちっとしてたらみんなナイスゲイなわけないだろう、と呆れ返って反論したかったが、高校時代のことに限ってはあながち的外れでもなく、尚は内心の狼狽《ろうばい》を押し隠す。

　本当に自分がゲイなのか否《いな》かつきつめて考えたことはないが、過去に男と身体の関係だけなら持ったことがある。

　恋愛感情があったわけではなく、寮監の先生に可愛いだのなんだのと言い寄られて、好奇心と大人の男に執着されることに変な満足感を覚えて身を任せていた時期があった。

　まだ幼かったし、当時は母を亡くしたばかりで気持ちが不安定で、誰かに偽の優しさでもいいから大事に扱われたかったのだと思う。

　今思えば若気の至りとしか思えないが、当時は同性同士とか心の伴わない身体だけの行為に対する抵抗感や罪悪感が薄く、しばらくそんな関係を続けてしまった。

　無理矢理ひどいことをされていたわけではないので、記憶から消しさりたいほどの汚点と思っているわけではないが、そのときもそれ以降も自分から男を好きになったりしたことはないし、それがないと生きていけないということもない。今は男とも女とも深く関わりたくないという気持ちのほうが強いので、あれは若さゆえの一過性の過ちで、単にそういう経験があるというだけだと自分では思っている。

　でも、そんなことを馬鹿正直に伝える筋合いはないので、尚は騎一に素っ気なく返した。

「……別に、女の気配がないのは今つきあってる人がいないだけだ。……そっちこそ、恋人がいるなら俺んとこじゃなくてそっちに面倒見てもらえばいいだろ」

……もしさっきの後輩が実は恋人なんだったら、顔も性格もダントツに可愛いなんて俺相手にのろけてないで、さっさとあっちへ行けよと思いながら尚がつっけんどんに言うと、騎一は笑って、

「俺は来る者拒まず去る者追わずっつうか、俺のこと好きって言ってくれる人のことはたいてい好きなんですけど、この人が一番っていう特定の相手はまだいねえかな」

「……」

……来る者拒まずって、それはただの遊び人じゃないのか、と尚は反感を覚える。

いや、俺も過去のことがあるから他人にどうこう言えるような品行方正な身ではないが、と思いながら尚は眉を寄せ、嫌味っぽい口調で言った。

「……ふうん、そんなモテるんだ、意外に」

騎一は悪びれずにニッと笑う。

「うん、これでも意外にモテるんです、男女を問わず」

「……」

あっさり認める騎一に尚は目を据わらせる。

……ほんとかよ、こんな奴がモテるなんて、物好きが多いとしか思えない。

たしかに見かけは悪くないけど、思考回路が常人には計り知れない珍獣だし、男のくせ

ふてぶてしくて、妙に勘だけよくて根拠のない分析ばっかりする変な奴なのに、男女を問わずって…と納得いかずに黙り込む尚に騎一は自慢するでもなく続けた。

「別にモテたくて気を惹《ひ》く努力とかしたことねえけど、こういう素のままの俺がツボるマニアックな趣味の人にはめちゃくちゃ好かれるんです。ダメな人には毛虫かゴキブリ並みに嫌われるけど。両極端なんですよね。別に俺のこと受けつけない人にまで好かれなくていいし、好かれるために自分を変えようとか思わない。そういうのって相性だから、直したらどうこうなるってもんでもねえし。嫌いなら離れてくれればこっちからも近づかねえから、ほっといてって感じ。けど、好きって思ってくれるなら女でも男でも嬉しいです。積極的に恋愛対象が男ってわけじゃねえけど、周りにもゲイやバイは普通にいるし、たまに男からそういう意味で好かれることもあるんですけど、相手が男だから無条件にキモいとか即却下とかは思わない。相手の人間性が気に入ればアリかもって感じかな」

「……へえ……」

……それって、こいつこそバイなんじゃないか。別にこいつの性指向なんてどうだっていいけど。

単になにも考えずにやりたいようにやってるだけなのかもしれないけど、周りからどう思われようがこんなに気にしない奴もすごいな、とちょっと感心してしまう。

人のことも自分のこともあるがまま受け入れているみたいなところは、ちょっと器が大きいのかなと思わなくもないけど、ほかの部分がわけがわからなすぎる。

こいつを毛虫かゴキブリ並みに苦手と思う人がいるのはすごく頷けるけど、めちゃくちゃツボる人がいるなんて信じられない。でもいるんだ、世の中にはマニアックな物好きが……と尚は内心首を捻《ひね》る。

……でも、特定の人はいないって言ってたから、あの可愛い後輩とは恋人同士じゃないんだ……。てことは、まだ当分うちに居座るってことなのかな……と吐息しながら、なぜか心の隅でかすかにほっとしている自分に尚は気づいていなかった。

＊＊＊＊＊

「尚さん、今からちょっとだけ知り合いがここに寄りたいってメールが来たんですけど、いいッスか？」

それからしばらく経ったある平日の夜、台所で夕飯の後片付けをしていると、騎一が覗きにきてそんなことを言った。

「いいけど。知り合いって嵯峨くん？」

あれからもマメに宅配便を送ってくれる結哉のことかと確かめると、

「や、今度は別の人なんですけど。ほら、こないだ話した尚さんときちっと感がちょっとかぶる爽やか系のナイスゲイ」

どういう形容なんだ、おまえに比べたらたいていの人はきちっとしているだろう、と言ってやろうかと思っていると、玄関のチャイムが鳴った。

「夜分に突然すみません、すぐに失礼しますので。はじめまして、和久井仁《じん》と申します。六車騎一が大変お世話になっております」

「……あ、いえ」

やってきたのは長身で目元涼しげなサラリーマンだった。両手に提げていた大量の荷物を片手に持ち替えて名刺を出そうとこずっているので、尚が荷物を預かろうとしていると、背後から
「和久井さん、仕事帰りにわざわざどうしたんスか？　お、この大荷物、食いもん？　まあ玄関先でもなんだから上がってください」

「おい、おまえの家じゃないだろう、図々しい。……すみません、朝来野さん。こんな常

識外れな奴で」

「いえ、いつものことですから。どうぞ」

デジャヴのような会話だと思いながら和久井を中に案内し、ソファをすすめる。

和久井は荷物を足元に置き、騎一に言った。

「身体の調子はどうだ？」

「おかげさまで今日で十八週と五日です。やっと半分きたって感じですかね。時々ちょっと腹が張るかなって感じるときとか、腰が痛いときもあるけど、検診では順調だって言われてるから、まあそんなもんなのかなって気楽にやってます。あ、若様の最新超音波写真見ます？」

母子手帳に挟んである画像写真を出そうとする騎一に和久井は素っ気なく、

「いや、いい。俺には白黒のムンクの叫びにしか見えないし。今日はおまえにいろいろ赤ちゃんグッズを持ってきたんだ。おまえはそういうとこ適当だから、産まれてからバタバタすると若様に迷惑だからな。同僚が子供産んだばっかりだからいろいろアドバイスもらって、産まれてすぐ必要そうなものを見繕ってきた。新生児用の紙おむつにお尻拭きに哺《ほ》乳瓶《にゅうびん》に粉ミルクにミルトン消毒液、肌着にベビー服に抱っこひもにガーゼハンカチにベビー石鹸《せっけん》にベビーローションに赤ちゃん用綿棒とかいろいろ。衣類は一回洗ったほうがいいらしいぞ。ベビーバスは買ってもすぐ使わなくなって邪魔になるらしいから、同僚が貸してくれるっていうから、また産まれる間際に持ってきてやる。あとおまえには腹帯《はらおび》も持ってきた。五カ月目の戌《いぬ》の日に巻くと安産だって聞いたから」

ソファの横に置いた袋をガサゴソいわせて騎一に説明する和久井に尚はぽかんとする。

……腹帯って、この人もなんでこんなナチュラルに男の妊娠を受け入れているんだろう……。騎一の周りの人間ってみんなこうなのか……？　それになんなんだ、このまるで出産や育児に献身的に協力するよく気のつく夫みたいな配慮のよさは……。

この人と騎一は一体どういう知り合いなんだろう。見た感じは劇団関係じゃなさそうだし、騎一より年上みたいだから、学生時代の先輩なんだろうか……。それにしたって、態度は素っ気ないけど、普通の先輩後輩をこえた思いやりって感じがしないか……？

なんとなくふたりの間に入りづらく、お茶を載せたトレイを持ったまま入口から中に入れないでいると、騎一が感激したように和久井に言った。

「和久井さん……。安産って俺帝王切開なんですけど、でも今時腹帯なんてお姑《しゅうとめ》さんみたいなこと言っちゃって……。ほんとにこんなことまでしてくれて、超ありがたいです。マジで惚れてまうやろー！　って感じ」

「やめろ、嬉しくないから」

嫌そうに即答する和久井の隣に移動して、騎一は片脚をソファに乗せて膝まで裾をまくりあげた。

「まあそう言わずに、ほら和久井さん、ちょっと見て。この頃俺ね、女性ホルモンのせいらしいんだけど、ヒゲとか脛毛《すねげ》とか薄くなってツルンって肌とか前より綺麗になってるんですよ。和久井さん膝小僧フェチらしいから、俺のこの脚どうですか？　ちょっとは萌《も》えません？　俺もう安定期入ったから、ハードじゃないHならしていいって言われてるんですけど、お礼にご奉仕しましょうか」

よせよ、ふざけるな、と嫌がる和久井に騎一はゲラゲラ笑って抱きついている。

尚はその様子に、

（……おいおいおい、冗談だよな。冗談でじゃれついてるようにしか見えないけど、「マジで惚れてまうやろ」とか「ご奉仕」って、冗談に紛らして本音を言っているんだったりして……。和久井さんも顔は嫌がってるけど、赤ちゃんグッズをこんなに用意してくれたりして、ただの知り合い以上みたいな気がするし……）

と当惑する。

騎一は人柄が気に入れば男でもアリって言ってたし、和久井さんは真面目そうでいい人みたいだし、最近あっさりナイスゲイになったっていうのは、まさか騎一と……？　とお茶のトレイを抱えたまま尚は疑惑に眉を寄せる。

「もう用は済んだから帰る。これ以上おまえに遊ばれたくない」

ガタッと和久井が立ち上がるのを見て、

Milton

（……『これ以上遊ばれたくない』ってことは、やっぱり前に騎一に弄《もてあそ》ばれちゃったことがあるんだろうか……でもどっちがどっちを……いや、そうじゃなくて、余計なことだし全然関係ないから、俺は）

と尚はひとり動揺しながら「あの、お茶は……」とすっかりぬるくなってしまったお茶を置こうとする。

「いえ、お構いなく。ほんとにもう失礼しますので。朝来野さん、こんな厚かましくてふざけた奴ですけど、よくよく探せばいいところがまったくないわけではない…と思うので、腹立たしい点にはどうぞ目を瞑《つぶ》ってやってやってください」

と和久井が尚に頭を下げる。

玄関に下りてから、和久井は騎一に

「あんまり朝来野さんに迷惑かけるなよ。ちゃんと育児書とか読んで予習しとけよ。人形とかでオムツ当てる練習とかやっとけよ。食いすぎるなよ。一カ月に一キロ以上体重増やしちゃダメだぞ。市販薬のめないんだから風邪《かぜ》ひくなよ。歯医者で麻酔とか抗生剤とか使えないらしいから、虫歯にならないようによく歯も磨けよ」

と真顔でドリフのエンディングのような注意をして帰っていった。

「……すごい親切な人だな、こんなにたくさん買ってきてくれて……」

でも、『親切』というくくりでいいのだろうか、やっぱりただの掛け合い漫才のような

コンビじゃなくてもっと別の関係なのでは……と妙な疑惑が捨てきれないまま尚がお茶を片付けていると、

「うん、ビックリした。マメな人だとは思ってたけど、あんたがパパかっつうくらいいろいろ配慮してくれちゃって、ほんとにありがたいです。けど、こんなの買うのひとりで恥ずかしくなかったかな。かっこいい若いパパにしか見えなかったかもしれねえけど。あ、もしかして結哉につきあってもらったのかも。あのふたりラブラブバカップルだから」

「……え。……そうなの？」

尚が目をぱちくりしながら訊き返すと、騎一はあっさり頷いた。

「うん、俺がキューピッドになってやったんですけど、今じゃ、ふたりだけのときはもしかして『ジンジン』と『ユイユイ』って呼び合ってても不思議はないくらいの超バカップルなんですよ」

「……そ、それは、相当すごいバカップルだな……」

なんだ、そうだったのか、おまえがやたら嵯峨くんにも和久井さんにもべたべたスキンシップが激しいからうっかり変な勘違いしちゃったじゃないか、と心の中でぶつぶつ文句を言いながら、尚はなぜかひそかにほっとしている自分に気づく。

あれ、と尚は視線を泳がせ、今自分の心の中で起きた不可思議な情動に眉を寄せる。

……なんで俺がほっとしなけりゃいけないんだ。嵯峨くんと和久井さんが恋人だとわかったらほっとするなんて、変だろう。大体騎一は特定の人と付き合ってないって言ってたのに、俺が変な勘ぐりをすること自体がおかしいし、そもそも騎一が誰とつきあってたって俺には関係ないのに、勘違いだったってわかったら安心するなんて、どうかしてる。そんなふうに思うなんて、たとえばもし俺が、こいつのことを好き、とか思ってるんだったらわかるけど、そんなことありえないのに、なんでこんな変なことばっかり考えちゃうんだろう、俺……。

不可解な気持ちの揺らぎに困惑しながらぼんやり考え込んでいると、

「ほら尚さん見て見て、靴下とかちっちゃくてすげー可愛いよ」

と袋からベビー服をいくつも取り出す騎一に尚はしょうがなくちらっと視線を向ける。

「……ふうん、黄色か、男女兼用の色だな。……そういえば、まだ性別ってわからないのか？」

「うん、もうすこし経ったら梯先生が３Ｄ超音波っていうので見てくれるって言ってたんだけど、七カ月になると、男の子だと陰嚢《いんのう》に睾丸《こうがん》が下りてくるんだって。３Ｄ超音波だと立体的に中の様子がわかって、一〇〇パーセント間違いなく男か女かわかるんだって。普通の超音波だとタマタマが隠れてたりするとたまに間違うこともあるらしいんです。その３Ｄ超音波の写真は割とはっきり若様の顔が写るんだって。楽しみだけど、俺は見ないで性別も聞かないで生まれるまでのお楽しみにしようと思ってるんだけど、尚さんは若様が弟か妹か先に知りたいっすか？」

「……別に、どっちだって関係ないし」

だから俺は最初から弟も妹も欲しいなんて思ってないのに、そうやって可愛いベビー服を見せたりして懐柔しようとしても無駄だからな、と心の中で斜に構えていると、騎一が肩を竦めながら言った。

「あ、そう。じゃあ尚さん、名付け親になる権利も放棄する？　もし尚さんが付けたい名前があったらそれにしようと思ってたんだけど。一応俺もね、ひとつ男女兼用の名前の候補考えてるんですよ」

赤ん坊の名前などと言われると、まだ当分先のことだと思っているのににわかにリアルさが増してくる。

「……どんな名前を考えてるんだよ」

一応訊いてやると、騎一はニッと笑って、

「実際顔を見たら、またイメージ違うかもしれねえから変更するかもだけど、今は男の子でも女の子でも『直』っていう字で、『すなお』って読ませる名前にしようかなって考えてるんです」

「……『直《すなお》』？」

なんだか微妙にかぶる名前を尚が鸚鵡返《おうむがえ》しに呟くと、騎一は笑って頷いた。

「うん、やっぱ尚さんの兄弟だし、二文字もらってみた。けど、もうちょい尚さんよりは素直な子に育ってほしいから、『すなお』くんか『すなお』ちゃん」

「……悪かったな、素直じゃなくて」

なんでも好きに名付けたらいいけど、おまえだって人のこと言えないくらいひねくれものじゃないか、と目を据わらせる尚に騎一は気に留めたふうもなく言った。

「別に悪いなんて言ってねえじゃん。尚さんのことをほんとにただのツンケンしてニコリともしねえ小うるさいヒステリーとか思ってたら名前なんかもらわねえよ。俺は尚さんのひねたとこも結構可愛げあると思ってるし」

「……え」

尚はさらりとそんなことを言う相手を見返す。

前半はかなり暴言の羅列だったが、文脈的にけなしているだけではないように聞こえて、なぜか顔が赤らんできそうで尚はわざと素っ気ない声を出す。

「……なに言ってんだよ、可愛げなんて、嵯峨くんみたいな子に使う言葉だろ」

騎一はちょっと笑ってオムツの裏の説明書きに目を落としながら言った。

「んー、あいつの可愛げはわかりやすいけど、尚さんの可愛げは、通好みっつうか、わかる人にしかわかんねえマニア系の可愛げなんだよね」

「……」

マニア系なんて、元祖マニア系のおまえに言われたくないし、やっぱりほんとに誉《ほ》められてるのか微妙なところだ、いや別にこいつに誉められたって嬉しくもなんともないけど、と思いながら、なんとなく熱くなる頬に片手を当てて誤魔化《ごまか》そうとしていると、

「ねえ尚さん、オムツ当てる練習できそうな人形とかぬいぐるみとか持ってます？」

「持ってるわけないだろ」

二十四の男がそんなもの持ってたら気持ち悪いじゃないか、と尚は鼻白む。

「あ、そう、なら今度稽古場から舞台用の赤ちゃん人形借りてこよ。……じゃあ今はミルクを作る練習でもしとこっかな」

騎一は粉ミルクと哺乳瓶を持って台所へ歩いていく。

勝手にやれ、と尚は和久井の持ってきた大量の赤ちゃんグッズを騎一の部屋に押し込み、別に興味はないけど、台所を汚されると嫌だから、と自分に言い訳しながら様子を見に行った。

「……あれ？　なんかちゃんと溶けてねえな。ま、いっか。……ん、あちいな。水入れたら薄まっちまうかな。ま、いいや、これは失敗作だから飲んじまおう」

こっそり覗いていると、騎一はスティックタイプの粉ミルクを哺乳瓶に入れ、ポットのお湯を瓶の全量入れてシャカシャカ振り、キャップをしないであちこちミルクを飛ばしたり、温度を冷ますためにジャージャー水道で冷やして、「あれ、冷やしすぎた。お湯足すか」

など大雑把このうえないことをしては、失敗したミルクを乳首の部分を外してゴクゴク飲んでいる。

いらっとして尚は駆け寄り、騎一の手から底にどろっとミルクが沈殿した哺乳瓶を奪い取る。

「おまえっ、ちゃんと粉ミルクの缶に作り方書いてあるだろうが！　読んでからやれよ！　若様の分なのに、何杯もなに腰に手を当てて飲んでんだ！　そんな適当さでいくらコネで就職先決まってても保育士としてやってけると思ってんのか⁉　瓶にミルク入れたら作りたい量の半分くらいのお湯で溶かしてから上までお湯足すんだよ！　見てろ！」

マタニティマニュアルで読んでいたので、てきぱきミルクを作って「ほらっ、こうやるんだよ！」とびしっと騎一の目の前に突き出すと、騎一は「おお～」と素直に感嘆した声をだし、ニッと笑った。

「さすが手際いいっすね。尚さんのが俺よりよっぽど若様の扱いうまそう」

「……。そんなことはない。たまたまだ」

うっかり手際のいいところを見せつけてしまい、やっぱり向いていそうな人が育てるべきなどと言われたら困る、と尚が内心慌てていると、

「けど尚さん、最近前より熱いっすね。ちょっと前までしらっとした顔してたけど、今すげえ熱血っぽかった」

「……」

たしかに今こいつの適当さを見ていたら、ついいつもの俺にしては熱い反応をしてしまった。日々バカっぽい奴と一緒にいるからだんだんバカっぽさがうつってきてしまったのかもしれない……と尚はひそかに反省する。

「それにやっぱ尚さん、前より若様のこと、ちょっとずつ受け入れてきてくれてるんじゃねえかな。前からつれない口ぶりの割にはマタニティマニュアル読んだり、俺と若様の身体にいい食事を作ってくれたり、かなり協力してくれてたけど。若様のミルクなのに飲むんじゃやねえって怒ったりするのって、なんか若様のことを認めてくれてる感じがする」

「……」

嬉しそうに笑いかけられ、尚は言葉に詰まる。

……別にそんなつもりじゃないけど、これだけ一緒にいて毎日若様の話されたり、検診ごとに解説聞かされてたら、そりゃあちょっとは愛着も湧いてきちゃったかもしれない……でもそんなことをうっかりこいつに知られたら、「じゃあ一緒に育てようよ」なんて言い出しかねない気がする……。

「……別に協力的なわけじゃなくて、おまえが適当すぎるからしょうがなく、心ならずもフォローしてやってるだけだ」

毅然《きぜん》とした口調で断言すると、騎一は片眉をあげてニヤッと笑う。

「またまた～、尚さんの性格的にほんとにどうでもいいならほっとくだけだと思うけど。……ほら、今みたいなとこがマニア受けの可愛げなわけよ」

「……」

からかうな、と視線で咎めながら尚は話題を変える。

「そんなことはどうでもいいから、おまえは早くいろいろ練習しろ」

哺乳瓶を浸《つ》けておく消毒液を入れる蓋《ふた》つきの容器を探そうと尚が棚をあけていると、騎一が言った。

「じゃあ、ミルク飲ませる練習していいっすか？　尚さんで」

「……は？」

一瞬なにを言われたのかわからず尚は訊き返す。

騎一はにこやかに
「練習しろって言ったの尚さんじゃん。赤ちゃん役やって？」

とキッチンテーブルの椅子にかけ、尚に膝に座るように手を引っ張ってくる。

「ちょ、なんで俺が……。俺じゃ練習にならないだろうが。大きさが全然赤ちゃんと違うし」

いい大人が赤ちゃんのフリして哺乳瓶で飲むなんて、そんな馬鹿な真似《まね》できるか、と首を振って拒否すると、

「しょうがねえじゃん、赤ちゃんサイズの人形とかないし。……んー、けど、やっぱ尚さんが俺の膝に乗ると顔の位置が高すぎて赤ちゃんに飲ませる感じじゃねえから、尚さん床に座って俺の脚の間に入って腿に頭乗せてみてよ」

「やだよ、なんでそんなこと俺が……」

「ミルク作るの手伝ってくれたんだから、飲ます練習だって協力してくれたっていいじゃん。教科書に載ってる知識なら読めば覚えられるけど、実技はやってみなきゃわかんねえし、若様がおなかすいて泣いたらパパッと飲ませられるように、ちょっとは手慣れておきてえんだもん」

「……」

……そんな殊勝なこと言っちゃって、俺相手に飲ませる練習したって意味ないんじゃないか、と思うが、あんな適当なミルクの作り方をする男には何事もどんな方法でも練習が必要かも、と尚は吐息を零《こぼ》して渋々騎一の脚の間に三角座りになる。

頭を騎一の腿に乗せると、首のうしろに腕を回されて肩を抱かれ、哺乳瓶を口元に寄せられた。

覗きこむように近づく顔の距離がいつになく近くて、慌てて目を逸らしながらなぜかトクトク速まる鼓動に狼狽えていると、

「はい、尚くん、パイパイでちゅよー、いっぱい飲んでくだちゃいねー」

とにこにこされて思いきり脱力する。

「……ベタベタな赤ちゃん言葉はやめろ」

「本番さながらにやらねえと練習の意味ねえじゃん。ほら尚くん、赤ちゃんのくせに反抗的な顔してないで早く咥《くわ》えて？」

シリコンの乳首でつんつん唇を突かれ、じとっと騎一を睨んでから尚は目を伏せて小さく口を開ける。

口の中にすこし硬い感触の乳首を含まされ、

（……変態じゃあるまいし、この状況、最悪にバカだろう……）

となぜこんなことを承諾してしまったのか深い後悔を覚える。

哺乳瓶を持って見下ろしてくる騎一をチラッと上目でうかがうと、いつものからかうような表情ではなく、優しげといってもおかしくないような笑みを浮かべていて、

（……へえ、こんな顔もできるんだ……）

と思わずじっと見上げてしまう。

……そうだった、こいつ演技うまいから、いくらでもいいパパっぽい表情なんか一瞬で作れるのかもしれないけど、赤ちゃんには演技かどうかなんてわからないんだから、こんな顔して飲ませてもらったら、きっと赤ちゃんはうっかり安心感なんか覚えちゃうだろうな……と思いながら、尚は小さく乳首を吸う。

ほのかに舌に感じたミルクの甘さに急に我に返り、

（……これじゃほんとにこいつと赤ちゃんプレイしてるみたいじゃないか）

と異様に恥ずかしくなって顔を背けて乳首を口から外したとき、騎一が
「あっ……動いた……」

と呟いた。

「え？」

騎一は慌てたようにテーブルの上に哺乳瓶を置き、腹に片手を当てる。

床に座っていた尚の目線に騎一の腹部と手が映り、顔を見上げると、騎一と目が合う。

「尚さん、なんか若様が動いてる……、ぎゅるって。ほら」

手を摑まれて腹に触れさせられると、掌《てのひら》にほんのわずか丸みが感じられた。

「……え、もしかして、胎動？」

マタニティマニュアルには二十週ごろまでにだいたいの妊婦が胎動を感じると書いてあったが、『ぎゅる』なんて書いてなかったぞ、と思いながら、

「ほんとに？　また腹が減っただけじゃないのか」

手を離そうとすると上から騎一の手に押さえられる。

「違う、腹減ったときの『ぎゅる』じゃない。ほら今も」

「……え…ほんと……？」

こくこくと頷かれ、尚はもう一度相手の腹に触れた掌に神経を集中させる。なんとなくそういう気がしただけかもしれないが、かすかに中のほうでピクッと動いている気配が伝わってきたように思えて尚は騎一を見上げる。

「……感じた？　尚さん……」

「う、うん、なんか感じた、ような気がする……気のせいかもしれないけど……」

騎一は興奮したように「違《ちげ》えよ、気のせいじゃねえよ」と目を輝かせる。

「若様が俺の腹ん中で、ちゃんと生きて動いてんだよ。…すげえ、超感動した、今……」

「……うん」

いまひとつ喜びの語彙《ごい》が貧困だったが、本気で嬉しそうに笑う騎一に、つい尚の口の端にも微笑の欠片が浮かんでしまう。

……やっぱり、こういうとこを見ちゃうと、きっとこいつはいろんな世話とかはめちゃくちゃ大雑把でも、一番大事なところだけは外さないんじゃないかって、ちょいちょい適当なことをしながらも、なにがあっても「ま、いっか！」とか笑い飛ばして子供も自分も楽しく逞《たくま》しくなんとかやってっちゃうんじゃないかなって、思えてきちゃうんだよな……と尚は騎一を見上げながら思う。

…あれ？　もう寝ちまったのかな、おとなしくなっちゃった、というので手を離そうとしたら、騎一が尚の手を上から押さえるようにぽんと叩きながら言った。

「なんかさ、俺、ここに住まわせてもらって、今一番ラッキーって思った」

「……なんで」

いままでずっとかなりの配慮と奉仕をしてきてやったというのに、いままではラッキーと思ってなかったのか、と尚は問い質してやりたくなる。

「だって、もしトキワ荘にひとりでいるときに若様がはじめて動いたとしたら、それでも嬉しいことには変わりねえけど、やっぱ今尚さんが一緒にいるときに一緒にやったーって喜べて、嬉しさ倍増って感じだったから」

「……」

……別に俺は「やったー」とまでは嬉しがったりしてないんだけど。まあちょっとはつられて興奮したけど、「動いた↓生きてる↓よかったね」くらいの気持ちなんだ。おまえと同じテンションで喜んだわけじゃないのにそんなニコニコするんじゃない、と心の中で反論していると、

「……今、尚さんに腹触られて思い出したんだけど、前に階段から落ちたときも、尚さんがずっと俺の腹撫でてくれたじゃん。あんときさ、ああやってくれてありがと」

「え……」

いや、それは原因が俺だったから……それになに急に珍しく礼なんか、と尚は内心ひどく狼狽える。

騎一は尚の手の上からぽんぽんと軽くリズムを打つように触れ合わせながら、

「……俺あんときさ、すげえ腹痛かったし、若様がダメになっちゃうかもとか超不安だったんだけど、尚さんが一生懸命撫でてくれたから、なんかこの人が撫でてくれてる間は大丈夫かも、みたいな気がしたんだ。この人は中絶しろなんて言いにきたけど、そう悪い奴じゃねえのかもって、ほんとは優しいとこもある人なのかもって、あんとき思ったんだ」

ラボに着くまでたぶん手も疲れてたと思うのにずっと撫で続けてくれたじゃん、嬉しかったし、ありがたかったのにちゃんと礼言ってなかったからさ、とニッと笑われ、

（……別に、俺が蹴っちゃったせいだし、礼なんか言われる筋合いはないけど。……いつも変人のくせに、こんなふうにたまに可愛げあること言ったりするから、俺だって、おまえのことそう悪い奴じゃないのかなって、うっかり思いそうになっちゃうんだろ……）

と心の中で呟きながら、尚は一回だけ意識的にそっと撫でてから手を離した。

＊＊＊＊＊

「騎一くん、血圧も体重増加もむくみも尿蛋白《にょうたんぱく》も尿糖《にょうとう》も問題ないです。腹囲と子宮底長《しきゅうていちょう》は週数にしては小さいんですが、超音波で見ると若様はちゃんと予定週数どおり育っているので、騎一くんの場合、体質的にそんなにおなかが外に大きく張り出してこないタイプなのかもしれませんね」

週一回のラボでの検診が済み、梯がパソコンのカルテ画面に向かって入力しながら騎一に言った。

「わあ、あんまりでかくならないタイプならそのほうがよかった。今二十週だから、まだこれからでかくなると思うけど、腹だけボコッと目立つようだったらちょっとは人目も気にしなきゃいけねえかなと思って。尚さんは服で隠せなくなってきたら、バイト代とか入れないでも食わしてやるから帝王切開の日まで外に出ないでうちに引きこもりになってろっていうんだけど。…やっぱ、周りから見たら、超食いすぎたうえにめっちゃ便秘してる男だとは思ってくれませんかね。妊娠してるってバレちゃうかなあ」

俺は別にバレてもいいんだけど、先生がこんな人体実験したってことでマスコミに叩かれて免許剝奪とかになったら困るなと思って、と騎一が言うと、梯は穏和に笑う。

「代理出産関連は日本では現時点では法整備が確立されていないので、法自体を犯したことにはならないんですよ。幹細胞を使った研究は本当は厚労省の審査がいるんですが、私のことは気にしなくて大丈夫ですから、騎一くんは若様を外に出せるまでおなかの中で大事に育てることだけを考えてください」

はい、と騎一が素直に頷くと、梯はやや言いにくそうに視線を逸らして眼鏡のブリッジを中指で押し上げながら言った。

「……ええと、騎一くん。話は変わりますが、データとして聞く必要があるので質問させてもらいたいんですが、安定期に入ってから、誰とどんな性交渉を持ったか、教えてもらえますか？」

男性に女性ホルモンを投与しながら妊娠継続する場合、性欲はどのように変化するのか把握したいので……と続けられ、騎一は猥談《わいだん》でも振られた気分で笑いながら、

「やー、今つきあってる人いねえし、誰ともしてませんけど。やっぱ若様がいるから前よりHしたい気にならねえかも。なんか正常位でゆさゆさするのも大丈夫かなって心配だし、騎上位でも腹に手置いて体重かけたりしないでとか相手にいちいち説明するのも面倒くさいから、たまに自分で手こきするくらいでいいかな、みたいな」

あけすけに答えた騎一に梯は「……なるほど」とかすかに赤くなりながらカルテ画面に入力する。

生殖医療に携わってる医者の割には純情な反応だな、結構ハンサムなのにあんまり遊んでねえのかな、などと騎一がひそかに分析していると、梯がカルテに視線を当てたまま事

務的な口調で言った。

「その、もし妊娠していることを知らない相手に説明するのが億劫《おっくう》だからという理由で性交渉を持てないのであれば、僭越《せんえつ》ながら、性欲処理の手助けをさせてもらってもいいのですが……私が」

「……はい？」

診療机の前でうっすら赤面している梯に騎一はぽかんとして訊き返す。

梯は努めて事務的に言おうとしているようだったが、やや噛み気味に、

「……い、いや、余計なお世話かもしれませんが、この臨床実験のために若い男性に二百八十日も禁欲を強いるのはどうかと思い……私は医者ですので、騎一くんも医療処置のつもりで気楽に任せてくれれば、と提案してみたのですが……ええと、おなかに負担にならないように性欲を満たす方法がいろいろありますので……」

「……」

……ちょっと待て、と騎一はあんぐりする。

先生はなんでこんなこと言ってんだ？　俺の腹に負担にならないようにいろんな方法で性欲処理を手伝ってくれるって、なにする気？

唖然としながらふと周囲を見ると、超音波用のゼリーやらラテックス手袋やらワセリンやら、ピンセットやら包帯やらカテーテルにクスコー膣鏡《ちつきょう》に両脚を固定できる内診台や診

察台など、それこそ使おうと思えばなんだってやれそうな大量の医療器具と薬品に囲まれているることに気づいて騎一はさぁっと青ざめる。

今まで穏和で優しいハンサムな熊《くま》みたいに思っていた梯に、まさか掘られる危険が…？と騎一は目を見開き、

（いやいやいや、考えすぎ、よくわかんないけどただの親切か研究熱心すぎて善意で言ってくれてるだけだろうし、壁一枚向こうにほかのスタッフだって大勢いるし、こんな診察室でなにかされたりするわけないし、結哉みたいな可愛い系ならともかく俺に身の危険なんてあるわけないから）

と心の中で落ち着こうとしていると、梯が慌てたように言った。

「すみません、変なことを言い出して驚かせて。臨床実験のために受けるストレスをなるべく少なくしたかっただけなんです。余計なことを提案して申し訳ありませんでした」

大きな身体で恐縮したように詫びられて、

「やー、別にいいんですけど、一瞬焦りました。なんか、いろいろ細かいとこまで気ぃ使ってもらっちゃって、こっちこそすいません。でもその件については、自力で解決しますんで」

あはは、とほっとして笑うと、梯はカルテ画面に目を戻し、穴が開くのでは、と思うほどじっと凝視したまま口を開いた。

「……騎一くん、やはり本当のことを言わせてください。……以前入院中や診察時にいろいろ雑談をしていたときに、あなたは恋愛対象の性別にはこだわらないと言っていましたね」

「え、あぁ、はい。まあ」

またなにやら雲行きがおかしくないか……？　と思いながら騎一は相槌《あいづち》を打つ。

梯はカルテを見たままマウスを何度も握りなおし、かなり間をあけてから言った。

「……実は、私もそうらしいんです。……あなたに出会ってから、ずっとあなたに惹かれていました」

「……え？」

思わず訊き返した騎一に梯はくるっと椅子を回して騎一に向き直り、きゅっと両手を包んだ。

「あなたの強靱《きょうじん》な楽観性と既成概念にとらわれない自由な精神に強く惹かれます。男なのに、そして赤の他人の子なのに自ら受胎するという勇気にまず初対面から圧倒されました。『先生も覚悟を決めて俺に協力してください』と言ったあなたの瞳にグッと心を鷲摑《わしづか》みにされたような気がして、それからあなたのことを知るたびに、明るくて、天真爛漫《てんしんらんまん》なところが可愛らしくて、ほがらかで、芯《しん》が強くて前向きなところがとても好ましいと感じていました。週一回の検診が待ち遠しくて、こんなことを思ったのはあなたがはじめてです」

「……」

両手を大きな手でがっちり握られて熱っぽい瞳で告白され、騎一は（……これ、冗談じゃなくて、マジ……？）と目を瞠る。

「急にこんなことを言われても混乱するばかりかもしれませんが、あなたと若様をこれからもそばで見守っていきたいんです。私にもあなたと一緒に若様の面倒を見させてくれませんか？　三人で家族のようになりたいんです。私のうちに来てくれれば、出産まで体調の面でも二十四時間フォローできますし、今日からでも来てもらいたいくらいですが、突然のことで考える時間が必要だと思います。できれば若様が産まれたら、ふたりを養子として籍に迎えられたら幸せです。すぐには恋愛感情を抱いてもらえなくても、一緒に若様を育てながら、騎一くんが演劇の道をまっすぐ進めるように経済的なことも含めてバックアップさせてほしいんです。もちろん一緒に暮らしたとしても騎一くんがいいと思うまでなにもしません。当面はただの同居人というスタンスでも構わないので、いずれ本当の夫婦のようになれたらと……是非前向きに考えていただけないでしょうか」

「……」

ほ、本当の夫婦って言われても……、養子縁組ってゲイの婚姻届だし、俺がいいと思うまでなにもしないとか、先生はあろうことか俺を『嫁』にしたいわけ……⁉

……まさか、かなり気に入られているとは思ってたけど、そこまで先生が本気で俺のことをどうこう思ってるなんて、ありえなすぎて推測すらしてなかった……抜かった、勘はいいほうだと自負してたのに……と騎一は両手を握られたままかちんと固まる。

うかつだった、妊娠初期のころ、女性ホルモンのせいか乳首が尖ってシャツに擦《こす》れて痛いとか相談して触らせちゃったし、脛毛や体毛が薄くなってきたと先生にも面白がって見せちゃったりしたから、まさか誘惑してると思われたのか……？　と騎一が愕然としているると、梯ははっと我に返ったように騎一の手を放し、赤い顔でまた診察椅子をくるりと机のほうに戻しながら言った。

「すみません、勝手にあれこれ先走ったことを考えて。でも真剣にあなたのことを想っています。……答えは今すぐでなくてもいいので、すこしでも可能性がないか検討してみてもらえませんか？」

では、また来週の検診でお待ちしていますので、と赤い顔のまま早口で言われ、騎一はあまりにも想定外すぎる展開に、「はぁ……ではまた来週……」と呆然と返すことしかできなかった。

＊＊＊＊＊

「……プ、プロポーズ……？　梯《かけはし》先生が、おまえに……？　な、なんで？」

尚《なお》が仕事帰りに買ってきた食材を冷蔵庫に入れていたら、風呂上がりのパジャマ姿で台所にひょっこり顔を出した騎一《きいち》が検診の報告をするついでにとんでもないことを言った。

「なんか俺のこと嫁にしたいくらい好きなんだって。養子縁組して、事実上の結婚みたいな形で、これからもずっと若様と俺の面倒見させてくれってすごい真剣に言われちゃってさ。先生もマニアックな趣味の人だった」

「よ、嫁……け、結婚……!?」

うん、ビックリした、男に掘ってくれって頼まれたことならあるんだけど、嫁に欲しいって言われたのはさすがに人生で初めてだったからさ、と感慨深そうに頷く騎一を尚は無言で見つめる。

（……ちょっと待て。なんなんだそれは。どいつもこいつもなんでこんなにめちゃくちゃなんだ。信じられない、男が妊娠して、その手術をした主治医が男の妊婦を嫁にするために養子縁組をして子供と三人で家庭を作りたいって……ツッコミどころが多すぎて、どこをどうつっこんだらいいのか俺にはもう……）

と尚は混乱しすぎて頭が真っ白になる。

「……な、なんでそんな話になったわけ……？」

　普通に検診を受けているだけなら、そんな好きだのなんだのいう話にはならないだろう、と尚が内心の動揺を押し隠しながら問うと、騎一は
「んー、なんでだったっけ？　……ああ、性欲処理の話からそうなったんだ。なんか先生にさ、妊娠中の性欲の変化とかのデータを取りたいからって、最近の性生活について聞かれて、俺の妊娠のことを知らない相手に説明するのが面倒だからやってないって答えたら、じゃあ手伝ってやるって言われたのがきっかけだった」

「……」

　……て、手伝ってもらったのか？　と思わず聞きそうになり、

（……いや、いま追及しなきゃいけないところはそこじゃないから）

と尚は自らを諌《いさ》める。

「……あの、梯先生は真剣な顔で冗談言ったんじゃなくて、ほんとに本気でそんなこと言ったわけ……？」

　開いた口が塞《ふさ》がらない思いで訊くと、騎一は片手で頭を掻《か》きながら頷く。

「うん、なんか先生には俺のことが天真爛漫でキュートな妖精《ようせい》のように見えてるっぽかった」

「……」

どこがだ。おかしいだろ、絶対。先生の目も頭も。今すぐ眼鏡のレンズを直して頭部をCTでスキャンしてほしい。こいつのどこをどう見たらキュートな妖精に見えるんだ。

……けど、思い返してみたら、階段から落ちて診察してもらった夜も、先生は騎一のことを優しい目で見ていたような気がする。あのときは、一緒に無謀な臨床実験をしている同志の絆《きずな》なのかと思ってたけど、実はあのころからもう憎からず想ってたんだ……。

こんな変な男のどこがいいのかまったく理解できないけど、なにか先生の琴線に触れるものがあったんだろうか……。

こいつのほうも、男でも女でも人間性が気に入れば来る者拒まずっていうポリシーだし、梯先生は趣味と目はおかしいけど人柄は悪くないし、若様を一緒に育てたいって言ってくれてるし、騎一は先生の申し出を受け入れるかも……。

思わずふたりが夜を営む光景を思い浮かべそうになり、不気味な想像を脳内から追い出すために、尚は無表情に冷蔵庫に食材をしまう作業を再開する。

……別にいいけど。どうぞご勝手にって感じだけど。

俺だって、別に好きこのんでこんなやつの世話したいわけじゃない。先生が若様ごと引き取って家族になって面倒見たいっていうならそうしてもらえばいいじゃないか。

こんな奴、厚かましいし、大喰らいだし、適当だし、しょっちゅう「ねえねえ尚さん」

ってつまんないことしゃべりまくってゲラゲラ笑ってうるさいし、さっさと出てってくれたほうがせいせいする。

元々若様が産まれて次の部屋に引っ越すまでの仮住まいの約束だったし、勝手に父の血を引く子供を身籠もられてしょうがなく連れてきただけだ。

若様のことだって、俺は最初から納得してたわけじゃないし、先生のほうが医学知識もあるし健やかに大事に育ててくれるだろうよ。

こいつと子供の面倒なんかみないで済んで、元の静かな生活に戻れるんだから万々歳じゃないか。

万々歳なんだけど……。

尚は騎一が現れる前のひとりの生活を思い出そうとして、もう以前はどんなふうに暮らしていたのか咄嗟《とっさ》に思い浮かべられないほど遠い昔のことのように感じる。

……でも、ほんとに嫌いなんだよ、俺はこいつのことなんか。俺は趣味がマニアックじゃなくて、まともな感性の持ち主だから、こいつのことは毛虫かゴキブリ並みに苦手なんだ。

よく二カ月以上もこんな適当な奴と一緒にいられたなっていうくらい相性が合わないし、絶対こんな奴いないほうがいいに決まってる。

こいつがいなくなったら、もう夜中にふと目が覚めて水でも飲もうと思ったら冷蔵庫の前にしゃがみこんで盗み食いしてる妖怪《ようかい》みたいな物体に驚かないで済むし、「ねえねえ尚さん、腹が大きくなる前から毎日腹んとこにボールとか風船とか詰めて外歩いてたら、ほんとに腹がデカくなってても『ああ、あの変な風船の人だ』って思われて、妊娠してるってバレねえかもって閃《ひらめ》いたんだけど、どう思う?」とかいうバカなおしゃべりも聞かなくて済む。

父の書斎だって、「神の仕事場だ」なんて興奮して大騒ぎしてる割に平気で散らかすから、こいつが中で父の蔵書を読んでるときなら、うっかりトラウマも忘れて夜の墓場より怖かった部屋にも入れたのに、また開かずの間に戻るだろう。

別にいい、また自分の呼吸と秒針の音しか聞こえない静かな家に戻るだけだ。

昔から沈黙が支配していた家がただ元の姿に戻るだけなのに、一度能天気な笑い声が響いたあとの静寂はどんなに淋しいものだろうと思ったら、尚の胸の奥がチリッと痛んだ。

……どうしよう、ほんとに淋しいかもしれない。

いなくなってくれたほうがせいせいするって思うのに、でも本当にこの突拍子もない男が視界から完全に消えてしまったら、きっと淋しく思うような気がする。

ほんとに苦手なところばっかりなのに、絶対嫌いな部分のほうが多いのに、でもほんのちょっとだけ、ここは嫌いじゃないかもっていうところがあるんだ。

うまくいえないけど、ほんのたまに懐が大きそうなところが見えたり、可愛げがあるようなところを見せたりするから、ほかの苦手な部分に目を瞑れたりするんだ。

もし俺のところからいなくなったら、きっと若様のはじめての胎動みたいな、若様のはじめて体験は全部俺じゃないほかの誰かと喜びあうんだろう。梯先生かまた別の人かわからないけど、俺以外の、そのときこいつと一緒にいる相手と笑いあったりするんだろう……。

そう思ったら胸がひどくざわついて、尚は唇を噛んだ。

……こんなこと俺が思う筋合いじゃないのに。

こいつが誰と笑いあったって構わないはずなのに、なんでこんな、まるで嫉妬《しっと》してるみたいな気持ちに俺がならなきゃいけないんだ。

なんとなく、いつのまにか、こいつはずっとこのままうちに居座って、俺はしょうがなくこいつの適当さを叱りながら一緒に若様を育てていくことになるのかも、なんて漠然と思いはじめてたのに。

若様のことだって、最初はどうでもよかったのに、こいつが若様若様って騒ぐから、つい俺まで、もし産まれてきたらちょっとは大事にしてやろうかなとか、俺がしてほしかったみたいにいっぱい話しかけてやろうかな、なんて、そんなことこっそり思いはじめてたのに。

自分が得られなかったあたたかい家庭を作りたいなんていままで思ったこともないし、

騎一と若様とじゃ『あたたかい家庭』どころか『どたばたした家庭』にしかならないから鬱陶しいはずなのに、ほかの誰かがその家族の一員になりたがってるなんて知らされて、はじめて気づいた。

俺は俺以外の人が騎一と若様の家族になるなんて、嫌かもしれない。

俺は騎一と若様がいないほうが楽に生きていけるとわかってるのに、それでも騎一と若様といたいのかもしれない。

うるさいし、笑いのツボも合わないけど、俺はずっと騎一のバカなおしゃべりを聞いていたいのかもしれない。くだらないとか思いながら、思わずつられて噴いたりしたいのかも、たぶんこれからもずっと。

誰も俺から騎一と若様を取り上げないでほしい、と思った瞬間、尚の目から涙が零れ落ちた。

「……尚さん、どした？」

驚いたように騎一に顔を覗き込まれ、尚は慌てて顔を背けて涙を拭う。

……こんな駄々っ子みたいに泣くなんて、みっともない。こんなの俺のキャラじゃない。

どうしよう、もう何年も泣いたことなんてないのに、こんなときに限って涙がぼたぼた溢《あふ》れて止まってくれない。

もし、騎一に涙の理由を打ち明けたら、どう思うだろう。

いつも邪険にしてたのに、急に俺が「どこにも行かないでここにいてくれ」なんて正直に言ったって、鼻で笑われるだけかも。またからかわれるだけかも。

いままでだって、父にもっと関心を持ってほしいとか思ってても、どうせ言っても無駄だからってなにも言わずに諦めてきたし、騎一の前で余計な恥かくくらいなら、なにも言わないほうがマシかも、と尚が涙を拭いながら「なんでもない」と自分の部屋に逃げてしまおうとしたとき、

「待って、また若様が動いてる。……ほら、『おにいちゃん、なんで泣いてるの？』って若様も心配してんじゃね？」

騎一に手を摑まれて、そのまま腹に添えられた。

「……」

掌に感じるか感じないかというほどかすかな動きに、尚は唇を嚙んでおなかに向かって心の中で話しかける。

（……なんだよ、たまたま動いただけだろ。おまえもタイムリーに動くなよ。ほんとに俺のこと思ってるなら、今は静かにしてなきゃダメだろ。おまえは名前のとおり『すなお』なのかもしれないけど、俺は違うから、こいつに『行かないで』なんて素直にすがったりできないんだから……）

心の声にまるで返事をするみたいにまたぴくっと動いたような気がして、尚は小さく息

を吐いた。

……わかってる、言わなきゃ伝わらないことがあるってことは。

父にだって、最初から諦めてないでちゃんとこっちから話そうとしてたら、もしかしてなにかが変わってたかもしれないのに、今はもう二度と話をしてわかりあったりできないところへ行ってしまった。けど、騎一は今目の前にいて、俺がなにか言い出すのを待ってくれている。

尚はおなかの中の兄弟に、すこしだけ素直さをわけてくれ、と願いながら騎一に視線を向けた。

なのに目が合った途端、なんて言ったらいいのか混乱してうまい言葉が見つからず、思わず口をついて出たのは、

「……俺はおまえなんか嫌いだ」

「……」

気持ちとは反対の憎まれ口がぽろっと飛び出してしまい、尚は内心慌てふためく。

騎一は一瞬黙ってから苦笑して、

「まあそうかなとは思ってたけど、そんな泣くほど嫌わなくたっていいじゃん」

「……」

……違う、いつも妙に勘がいいくせにそんな肝心なこと間違うなよ、泣くほど嫌いなん

じゃなくて、認めたくないけど、俺は泣くほどおまえを……

どうしてもその先のひとことが言えず、尚は懸命にほかの言葉を探す。

「……き、嫌いなんだけど、……でも、おまえが『ねえ今日若様がさ』ってしゃべりかける相手は、これから先も、ずっと俺だったらいいのにって、思う……」

「……え」

今の自分にできる最大限に素直な告白のつもりだったが、やっぱりこれじゃわかってもらえないかも……と後悔とバツの悪さにもう一度自室に逃げかけた尚に騎一が言った。

「……嫌いなのにずっと俺にしゃべりかけられたいって……なんか、尚さんもマニアックな趣味って言ってるように聞こえるんだけど。俺、最近そういう勘が鈍ってるっぽいから一応確かめさせて？　……尚さん、俺のこと好きなの？」

「……」

せっかく婉曲《えんきょく》に告げたのに直球で訊き直され、反射的に「そんなわけないだろう」と言ってしまいそうになったが、もうここまできて意地を張ってもしょうがない、と尚は意を決して小さく頷いた。

騎一はニッと笑って、

「あ、そう。俺は俺のこと好きって思ってくれる奴のことはたいてい好きだから、尚さんが俺のこと好きならもちろん嬉しいよ？」

「……」

一大決心の告白を軽くいなされたように感じて、尚の胸がぎゅっと握り潰《つぶ》されるように痛んだ。

否定されたり、からかわれたりしなかっただけマシなのかもしれないが、あっさりその他大勢とひとまとめにされてしまった気がした。

告白すれば必ずいい返事がもらえるなんて思ってない。けど、俺が欲しかったのはいい返事でも悪い返事でも、『俺だけ』に対する返事なんだ、となんとか伝えたくて、尚はまた涙が滲んでしまいそうになるのを堪えながら騎一を見上げた。

「……俺はそういう、来る者拒まず的な、おまえのこと好きだっていうマニアなら誰でもいいみたいな扱いじゃ、いやだ……」

「え」

一度胸のうちを明かしてしまったら、みっともないと思うのに、もうポロポロ本音が止められなくなる。

「……おまえは気ままな奴で、特別な相手を作るのは嫌なのかもしれないけど、俺は、そういうんじゃなくて、できれば、おまえの特別に、なりたいから……もし、俺をそういうふうに思えそうもないなら、『たいていの奴は好き』とかじゃなくて、ちゃんと、そう言ってほしい……」

また新しい涙がじわりと膜を張ってしまい、溢れそうになるのをこらえながら、尚は必死に言葉を紡ぐ。

我《わ》が儘《まま》かもしれないけど、誰にでも簡単に与えるような情ならいらないから、もっと特別な本気を自分に向けてほしかった。

騎一は真顔で、しばらく黙って尚の目をじっと見ていたが、やがて嬉しそうに笑って尚の両手を摑んで引き寄せた。

「……やばい、本気でめっちゃ可愛い」

呟くように言いながら騎一が顔を寄せてくる。驚いて思わず後ずさろうとした尚を腕の中に捕らえて、騎一は尚の目尻に溜まった涙を唇で吸い取りながら教え諭すように言った。

「あのさ、尚さん。泣いちゃうほど好きなら『好きか？』って聞かれたら仏頂面《ぶっちょうづら》でガンとばしながら頷いちゃダメだよ？　ケンカ売ってると誤解されるだけで、特別になりたいと思ってるなんて普通の相手にはわかってもらえねえから。……俺はこんな仏頂面の告白初めてで、超ツボったけど」

「……」

仏頂面でガンとばした覚えはない、と言いたかったが、相手の手と唇が触れた箇所《かしょ》がどんどん熱を持ちはじめてなにも言えなくなる。

「俺さ、受胎してからめっきり綺麗なものとか可愛いものに弱いんだけど、俺のこと大好

きなのにうまく言えなくて涙が出ちゃう尚さんが一番可愛くてツボだった。もう超可愛いから尚さんを俺の特別にしてあげる」

「……」

口ベタな子供を誉めるみたいに頭をかいぐりされながら、(……なんだそれ)と尚は眉を顰める。

気持ちを受け入れてもらえたと素直に嬉しく思うには、言い草に引っかかりを覚える。なにが特別に「してあげる」だ。なんでそんなに上から目線の物言いなんだ。「大好き」なんてひとことも言ってないし、俺のほうがおまえのことを「好きになってあげた」んだ。

「強引に俺の人生に入り込んできたから、いつのまにかほだされてしまった」のほうが正しいくらいなのに……と目で訴える尚に騎一は可愛いものを愛《め》でるような目で笑いかける。

「ねえ、俺のこといつから好きだった?」

「……」

そんなの、よくわかんない、インパクトは最初から強烈だったけど、いままでずっと苦手だと思い込んでて、気づいたのはさっきだし……。でも嵯峨くんや和久井さんといるところを見たときになんかもやもやしたから、もしかしたらそのころからだったのかも……。

こいつを好きになってしまったと認めるのはすごく不本意だけど、でもこいつが他の誰かのものになるのは嫌だ。この手が俺以外の誰かに触れるなんて嫌だ。それくらいならこのままずっと俺に触ってろ、と思う。

口を噤んだまま心の中だけで答える尚に騎一は続けて、

「じゃあ、俺のどこが好き？」

「……」

どこって言われても……嫌なところならすぐ列挙できると思うんだけど……とすこし考えてから尚はぽそっと答えた。

「……もし、無人島に漂流しても、なかなか死ななそうなところ」

「……はぁ？」

目を丸くする相手の表情に尚は笑いを堪えながら付け足す。

「もし孤島に流されたとして、おまえがいれば頼りになるとかは全然思わないんだけど……、たぶん俺はきちっとした草庵《そうあん》みたいなのを造るけど、おまえは適当な掘っ立て小屋みたいのを造りそうだし、食糧も俺は慎重に吟味して野草とかを探すと思うけど、おまえはすぐぺろっと目についた変な草とか毒キノコとか毒のある魚とか口に入れちゃいそうだし、でもおまえは頑丈だから絶対食あたりとかしなくて、おまえが『これ大丈夫、食えるよ』とか言ったものは全然信用ならないし、ジャングルで遭難しても『こっちじゃね？勘だけど』とか根拠もなく言いそうだし、めちゃくちゃ怪しくてついてっていいのかよって疑わしいんだけど、意外と野性の勘が当たってちゃんと出てこられそうな気もするし、何年も助けが来なくても全然凹《へこ》まなそうだし、おまえみたいなどうでもいいことでも笑える能天気な奴と一緒だったら、無人島でも明るく生きていけそうだから」

「……ふうん。一応訊くけど、誉めてる？」

そのつもりだけど、と頷くと、騎一に抱きよせられる。

「もっと男気に惚れたとか隠れた優しさがツボったとか素直に言ってくれてもいいのに。まあ尚さんらしいけどさ。……じゃあ、新婚旅行は近場の無人島ツアーにする？　掘っ立て小屋自分で建てなくてもちゃんといろいろ揃ってる観光用の無人島があるらしいよ」

「……へえ、そんなのがあるんだ……じゃなくて、なに言ってんだよ、新婚旅行とか……」

抱きしめられたらじわっと頬に血が上ってきて、照れくささを誤魔化すために尖った口調で咎めると、

「だって『これからもずっと一緒にいたい、自分を特別な相手にしてくれ、おまえとならずっと笑って生きていけそう』って立派にプロポーズじゃん」

「……」

……俺は別にプロポーズしたわけじゃ……ほんとにプロポーズしたのは梯先生だろう、と言いかけて、尚はハッとする。

「あの、梯先生のことはどうするつもりなんだ……？」

「え、どうって、もうさっきラボから帰るときに『やっぱり先生のことは尊敬するし、人

として好きなんですけど、俺は嫁として不束者《ふつつかもの》すぎるし、ほんとにごめんなさい』って丁重にお断りしたけど？」

「……え」

いくらなんでも俺が嫁はありえねえだろ、とからから笑われ、尚は呆気にとられたあとぶるぶるとこめかみをひくつかせる。

……言えよ、それを先に。

ちゃんと断ったって先に言わないから、俺はプロポーズされて養子縁組して面倒みたいって言われたことだけを聞かされて、てっきり本気で考慮する気なのかと思って、こいつが俺の前からいなくなっちゃうのかと思って、若様もとられちゃうのかと思って、それは絶対嫌なんだってガラにもなく大泣きして、恥ずかしくてみっともないこといっぱい言って引き留めちゃったじゃないか。

勝手に誤解したんだろって言われたらそれまでだけど、おまえが変な言い方さえしなければ、俺はおまえのことを好きだなんて不覚な事実に気づかなかったかもしれないのに。

してやられた感でいっぱいの尚の顔を覗き込み、騎一はチュッと尚の眉間の縦皺にキスしながら言った。

「なんでまた怒ってんの？　先生はいい人だけど恋愛は無理だと思ったから、ちゃんと断ったのに」

「……だから、そういう肝心なことを先に言わないから、俺はひとりでごちゃごちゃ余計なことを……おまえは『来る者拒まず去る者追わず』野郎だし、先生のことも拒まない気かもとか、若様を一緒に育てるのは素人の俺より医者の梯先生のほうがいいっておまえは思うかもとか、いろいろ考えちゃって、それで……」

腹の虫がおさまらずに恨み言を並べると、騎一はにこっと笑う。

「それで心配して泣いちゃったんだ。…ごめんね。けど、俺だってそこまで『来る者拒まず』野郎じゃねえよ。先生にプロポーズされたときはただあんぐりしただけで全然ときめかなかったけど、尚さんがガンとばしながら告白してくれたときは、ビックリしたけどキュンキュンきたし、今も怒り顔が可愛いからツボ直撃されまくりだし、もし尚さんが今『やっぱり告白したのは全部勘違いだったから忘れて』とか言い出して去ろうとしたら、たぶん俺、主義に反して追いかけちゃうと思うよ」

「……え」

……そんなの、本当かな、でもそんなこと言われたら、ほんとはまだ怒ってるのに、なんだか嬉しくて怒り顔が保てなくなってしまう。

尚は笑みの浮かんできそうな顔を見られないように相手の肩口に顔を埋《うず》め、下ろしていた腕を相手の背中に回してきゅっと力を込めた。

これは俺のだから、と尚は心の中で誰にともなく宣言する。

人生で初めてどうしても誰にも譲れなくて泣いてすがって手にいれたんだ。若様込みで誰にも渡すもんか。

もっと強くしがみつこうとして、尚はハッと身体を離す。

「え、尚さん？　やっぱもう勘違いだったたって思っちゃったの？」

離れようとしたのを焦ったように引き留められ、

「違う、こんなぎゅって抱きついたら、若様が挟まれて苦しいかもって……」

そう言うと、騎一は笑って尚をもう一度引き寄せてぴったり密着して抱きしめる。

「大丈夫だって、尚さんはちょっと過保護すぎ」

窘められて、「だって」と言おうとした尚の髪にキスしながら騎一が言った。

「親が仲良くしてるのが子供にとって一番いいんだってば。……ねえ尚さん、両親が仲良くしてる会話聞かせるのって胎教に超いいらしいんだけど、……究極に仲良しなこと、俺とする気ある……？」

髪に顔を埋めるように囁かれ、尚はすぅっと赤くなる。

「……」

なにを誘われているのかわからないほど初心《うぶ》なわけではないが、さっき好きだと自覚したばかりだし…と尚は戸惑って口ごもる。

「……いや、えっと、でも『両親』って、俺達は別に若様の親じゃないし……、厳密には俺には兄弟で、おまえは代理父だし……」

「いいじゃん、正確な続柄なんかなんだって。大事なのは気持ちだし、ふたりで若様のお父さん役とお母さん役を兼ねるんだから実質的には『両親』で間違ってねえじゃん」

「……それはそうだけど…でも、マタニティマニュアルには今の時期はまだ胎児の聴覚は未発達って書いてあったし、今仲良くしても若様には聞こえないんじゃ……じゃなくて、そういうの聞かすの、胎教どころかむしろマズいんじゃないかと……」

赤くなってあれこれ言い訳する尚の両肩を摑んで騎一は正面から向き合うと、

「……あのさ、もう一回確認させて？　尚さんの好きはHしたい系の好きじゃねえの？　それとも、ずっと尚さんがお父さんにしてほしかったみたいな父性愛的なものを俺に求めてて、擬似家族で充分なわけ？」

至近距離から真顔で見つめられたら、相手の顔がやけにかっこよく思えて、尚はひそかにドキドキする。

「……いや、別に、そういうわけじゃないけど……」

父親がおまえみたいだったらよかったのにとは思うけど、父親になってほしいわけじゃない。もっと親密なほうがいい。

「じゃあもっと仲良くなろ？　いますぐ」

そのまま腕を引かれて騎一の部屋に連れ込まれ、ベッドに倒され、尚は焦って上に跨《また》がる相手に訴える。

「ちょ、騎一、待って……あの、別に仲良くしたくないわけじゃないけど、まだ早いっていうか、心の準備が……」

「大丈夫、早くない、できちゃった結婚した新婚さんだと思えば当然してもいいことだから」

シャツのボタンを器用に外しながら詭弁を弄《ろう》され、

「いや、だから新婚じゃないし、それに、おまえ、女性ホルモン投与されてるのに…あの……えっと、……勃《た》つの？」

マタニティマニュアルには妊娠中の女性は例外はあるものの往々にしてその気が失《う》せると書いてあったし、こいつの場合は男性機能はどうなんだろうと赤面しながら問うと、騎一はプッと笑って、

「元々普通の男だって女性ホルモン分泌されてるんだよ？　妊娠中でも逆に性欲亢進《こうしん》する女の人もいるらしいし、俺も普通に性欲あるし機能するから大丈夫」

ベルトを外す手を必死で止めながら「で、でも騎一…」まだ早いってば、と抗おうとした唇を塞がれる。

「……んっ……」

騎一とこんなことするなんて、なんだか変な感じで照れくさくて思わずぎゅっと目を閉

じてしまう。

するっと舌を差し込まれて、逃げだしたいくらい恥ずかしかったが、変に狼狽えるのも癪な気がして、妙な意地を張って自分からも相手の舌に絡《から》める。

「……ン……ン……ぅん……」

いつのまにか、意地じゃなく、意思でキスに夢中になっていた。

……だって、なんか、こいつのキスの仕方、嫌いじゃないかも…ていうかむしろ好みかも……。

尚は相手の首に腕を回して髪をまさぐり、喉を鳴らして深く絡め合わせる。

「……ねえ、まだ早い？　それとも、もっと仲良くしたくなってきた……？」

長いキスのあとに問われたら、嘘でも「まだ嫌」なんて言えないくらい火をつけられていて、尚は肩で息をしながら頷く。

耳朶《じだ》を甘噛みされて、気持ちよさにうっとり相手の背中を引き寄せようとして、尚はハッと我に返る。

「あっ、騎一、待って、この体位、ダメかも」

「え」

ふとマタニティマニュアルの妊娠中の安全な性行為についてのページを思い出してしまい、子宮を刺激しないような体位や腹部を圧迫しないような体位がおすすめと書いてあったと説明する。

「たしか妊婦さんの場合は騎上位はよくないって書いてあったから、俺達の場合はこれはほんとは正常位だけど、おまえが妊夫だから、おまえは上じゃないほうがいいんじゃないかと思うんだけど……」

妊夫の身体に負担にならない行為をするなら、騎一にはなるべくマグロになってもらったほうがいいような気がするが、そうすると必然的に自分があれこれ動かなければならないかも、と説明しながら思い至り、思いきり墓穴を掘ってしまったことに気づいて尚は羞《しゅう》恥《ち》に頬を火照《ほて》らせる。

じゃあ尚さんが上になって、と恥ずかしすぎる提案をされる前に尚は慌てて切り出した。

「あの、騎一…やっぱり、妊娠中はいろいろ大変だから、産まれてからにしない……？」

精一杯可愛い子ぶって愛想笑いを浮かべてみたが、騎一にきっぱり却下される。

「駄目。もう俺めっちゃその気になっちゃってるもん、尚さんがすげえ積極的にやらしく俺の舌しゃぶってくるから」

「……」

それはおまえが先にやってきたからだ、と言いたかったが、積極的に応《こた》えてしまった自覚はあるので尚は赤くなって目を逸らす。

でもさっきまで「まだダメ」なんて言ってたのに、自分から騎一に跨ったりするなんていになる。

恥ずかしすぎるし、それくらいなら…、と尚はおずおずと騎一を見上げた。

「……あの、じゃあ、えっと……手か口で、してやってもいい……けど？」

提案してから、それも騎乗位に劣らず恥ずかしいかも…とまた墓穴を掘った感でいっぱいになる。

「え」

意外そうな声にいたたまれなくなって、「…やなら、別にいいけど…」とひそっと言うと、

「いや、やってくれんならお願いしますって感じだけど、いいの？」

…うん、しょうがないからお願いされてやる、と心の中で返事をしながら起き上がり、座った相手の脚の間に入り込む。

……だって、妊娠してから誰ともしてなかったみたいだし、ちゃんとしたHをお預けにするなら、これくらいしてやらないと可哀相かなと思って…などとあれこれ心の中で弁解しながら相手のパジャマのウエストを引き下げる。

下着から取り出した半勃ちのものを両手で撫でながら形や手触りを確かめているうちにちゃんと手の中で反応してきて、（あ、ほんとにおっきくなった、妊夫のくせに）と尚は口元にうっすら笑みを浮かべる。

素直な反応が嬉しくて、さんざん手で可愛がってから尚はそっと顔を近づけた。

半開きの唇から舌をすこし覗かせて先端を口に含もうとした瞬間、ハタと我に返り、

（しまった、俺一応ゲイでもバイでもなく今彼女がいないだけって言ってあるのに、なんでこんなに手慣れた感じで撫で回してしゃぶる気満々なんだとか、引かれてる……？）

と尚がさぁっと青くなる思いでチラ、と上目でうかがうと、騎一が不満げにぼやいた。

「なんで今この『いざ』っていう瞬間に寸止めするわけ？　焦《じ》らしプレイ？」

「……いや、そうじゃなくて……はしたないとか、引いてないかなって……」

「え、全然。むしろ美人でテクニシャンって超いいとか思ってた」

「……」

……そうだった、余計な心配しなくても、こいつは変なこだわりが全然ない奴だから、たとえ俺が初めてでめちゃくちゃ恥じらおうが、慣れていようが、どっちでも同じようにありのまま受け入れてくれるようなタイプだった。

ゲイでもバイでもストレートでも『個性じゃん』で済ましそうだし、過去がどうでもいちいち気にしなそうだし、こいつの前だと素のまま全部受け止めてもらえるから、そういうところも、好きかも…と思いながら、尚は目を伏せて騎一のものに舌を這《は》わせた。

「…っ…んっ……」

口淫《こういん》するのは初めてではないが、好きな相手にするのはこれが初めてだったから、相手のものを銜《くわ》えただけでドキドキした。

すごく気持ちよくしてやりたかった。口の中の相手のものがひどく愛おしくて、尚は騎一の性器を深く頬張る。

「…んっ…んんっ…んぅっ……」

硬く張りつめたそれに丹念に舌を絡め、喉を突かれるのも厭《いと》わず自分から深く顔を埋めて、濡れた唇できつく扱《しご》き上げる。

「……わ……ヤベ……超気持ちいい……」

相手の吐息混じりの声に気をよくして尚は含んだまままちょっと笑い、頭を前後に揺らしながら舌に感じる先走りの味を愉《たの》しむ。

「…ふっ…ぅんんっ…んんっ……」

自分が奉仕しているのにまるで愛撫を受けているみたいに身体の奥が疼《うず》いて、尚は目を閉じて粘膜を擦られる快感に酔いながら濃厚な口戯を続ける。

相手の息遣いで口に含んだものの限界が近いことがわかったから、一層激しくしゃぶりたてようとしたら、両手で顔を挟まれて抜かれてしまった。

「……？」

急に口淋しくなった唇を唾液《だえき》と相手の先走りで濡らしたまま、はぁはぁ喘《あえ》ぎながら見上げると、騎一が屈《かが》みこんでキスしてくる。

「やっぱ美人でテクニシャンって超いいね。…尚さんのもしてあげる」

「……え」

もちろんされたことがないわけではないが、騎一に自分のを……と思っただけで異様に恥ずかしくなって尚はふるふる首を振る。

「……い、いいよ、俺は別に。おまえの、続きやってやるから……」

「俺ばっかじゃ悪いし。つうか、してえんだけど、尚さんの」

「え……いいって、そんなの……俺、まだ風呂も入ってないし……」

「別に全然気にしねえけど。ねえ、一緒にイこうよ」

尚さん頭向こうにして跨って、とさくっと言われ、尚は耳まで熱くしてさっきより激しく首を振った。

「やっ、やだよ、そんなこと……」

「なんで。もう超エロい顔して銜えてるとこ見せちゃったんだから、お尻見せたってもう今更じゃん。照れることねえのに」

「……」

……照れるよ、照れるに決まってんだろ、俺は好きな相手とこんなことするのは初めてなのに、急にいろいろハードル高いこと言うなよ、と赤い顔で咎めるように睨むと、騎一はおかしそうに笑って、

「やっぱ尚さんて面白い。クールキャラなのにダダ泣きしたり、意外にエロエロだったり純情だったり、俺のツボ狙ってやってんだったらすげえな」

……そんなの狙ってやってるわけないだろ、おまえのツボなんか知らないし、俺はおまえと違ってどういうときにどうやれば相手に効果的かなんて全然わかんなくて、無様な真似ばっかりしてるのに……と目で訴えると、騎一が尚の濡れた唇を親指で拭いながら言った。

「……ねえ、やっぱり挿《い》れさせて……？　尚さんの中で、これ宥《なだ》めてよ」

「……」

……こいつは絶対俺のツボを狙ってやってる、俺が嫌って言えなくなるってわかってて、急に素直な年下っぽい甘え口調を使ってる…と思いながらも、まんまと術中にはまってしまう。

「……ええと、じゃあ、ちょっと待ってて。シャワー浴びてくる」

赤い顔でベッドから降りかけた尚を騎一が「いいって、そんなの」と押し倒す。

「なんでさっきから焦らしプレイばっかかすんの？　尚さん風呂長《なげ》えし、そんな待ってる余裕ねえから却下」

「だ、だって…ほら、なんか濡らすものとか、持ってこないと……」

はだけたシャツを羽織《はお》ったまま下だけ剝かれた中途半端な姿にされ、真っ赤になりながら必死で訴えると、

「大丈夫、和久井《わくい》さんにもらった赤ちゃんグッズにベビーローションあったから」

あっさり答えた騎一が尚に乗ったままベッドのそばの荷物をがさごそ捜す。

「なっ、だめだろ、そんな…若様のものをそんなことに使っちゃ……」

慌てふためく尚に騎一は平然と、

「いいじゃん、ちょっとくらい借りたって。両親が仲良くするためなんだから、若様だって『たっぷり使ってくだちゃい』って思ってるよ、きっと」

「……」

思うわけないだろ、そんなこと、とバカな赤ちゃん言葉を繰り出す口を叱る前に唇を塞がれて、片手を剝きだしになった下肢に滑らされ、叱りたいのにそっちに意識を持っていかれてしまう。

「…っ…」

いつも大雑把で適当なくせに触り方がやけに繊細で、喘ぐのを堪えるのに精一杯で止める手に力が入らない。

同時にあちこち痕を残しながら移動する唇にも翻弄《ほんろう》されて、尚は必死で唇を嚙み締める。

性器を扱く騎一の手の中でくちゅくちゅいう音が聞こえてきて、自分がもう濡らしはじめていることに気づかされて尚は膝裏まで赤くする。

胸の尖りを舐《な》め上げられたら、気持ちよさに吐息まで濡れた。

ちゅうちゅう音を立てて乳首を吸われ、うっとりしながら思わず（…赤ちゃんに吸われるのってこんな感じ…？）と変なことを考えてしまう。マタニティマニュアルの読みすぎかも、と赤面しながら舌の動きに震えていたら、きゅうっと強く吸われて甘噛みされ、尚の口から堪えきれない声が零れだす。

「あ、んんっ……！」

赤ちゃんにはできないようないやらしい舌遣いが気持ちよすぎて、尚は相手の頭を抱え込み、敏感な尖りに施される愛撫を貪欲《どんよく》に味わう。

脚の間をまさぐる手が奥に忍んできて、尚はびくっと身を震わせる。

「…きっ…騎一…っ…」

濡れた指先でまだ固く閉ざした蕾《つぼみ》を刺激され、身体が勝手に逃げかけると、

「大丈夫、ちゃんと慣らすから。…顔見られたくないなら、後ろ向く？」

「……え」

ベビーローションを掌で温めながらそう言われ、尚はそこを慣らされながら顔を観察される羞恥と、四つんばいになって背後からそこを観察される羞恥と、どっちも恥ずかしすぎる究極の二択を迫られる。

好きでもない相手とならたいして恥ずかしくもなかったことが、相手が騎一だと思うとやたら恥ずかしくてたまらなくて、尚はかなり逡巡してから、

「……別室で自分で準備してくるっていう案は、どうかな、と……」

「却下。我に返って戻ってこなそうだし。……ねえ、寸止めプレイも三度したら、ローションを使うのやめて、舐めるよ？」

「……っ」

またも脅迫に屈して、尚は悩んだ末にのろのろと身体を反転させた。

真っ赤になって喘ぐのを堪えるみっともない顔をまともに見られるよりは…と尚はシーツに伏せ、腕に顔を埋めて羞恥に耐える。

若様のためのローションで狭間《はざま》をとろりと濡らされて、その刺激と妙な背徳感に身体が震える。

しばらく入口の周辺を弄《いじ》っていた長い指がクッと中に入ってきて尚は息をのむ。

そこを拓《ひら》かれる久しぶりの感覚に目をぎゅっと閉じて身を竦ませていたら、相手の指は思いのほか慎重に動いて尚の内側を優しく解《ほぐ》していく。

「…あっ…んんっ……はっ…あ、ん……」

「…いい声……もし若様が男の子だったら、こんな声聞かされたら勃っちゃいそう……」

「や、やめろよ……んっ……萎《な》えるだろ……」

「いいじゃん、仮想3Pみたいで」

変な睦言《むつごと》を交わしながら一番弱い部分を刺激されたら、萎えるどころか相手の指を強く締め付けてしまう。

ローションで濡れた手で前も擦られ、前と後ろに同時に与えられる快感に息を乱して、尚は掲げられた腰を揺すって身悶《みもだ》えた。

「……あ、あ、んっ…騎一…っ…」

どうしよう、すごく気持ちいい、口では脅迫したりからかったりするけど、すごく大事なものみたいに触るから、嬉しくて気持ちよくて蕩《とろ》けそう。

指じゃないものが欲しい、…騎一に、身体の奥まで来てほしい。

尚は息もままならないほど蕩かされて潤んだ瞳で背後を振り向く。

「……きいち……ねぇ……」

自分の声じゃないみたいに濡れた声が洩《も》れて、自分で驚く。

「なに？　尚さん、『ねぇ』だけじゃわかんないから、言って？」

指を抜きながら嫌味なくらい優しい声で焦らされて、尚は目尻に涙を浮かべる。

でももう余計な意地なんて張っていられないくらい相手が欲しくて、尚はしばしの葛藤《かっとう》のあとに囁いた。

「……だから…もう、挿れて……？　騎一の……」

自分からねだらずにはいられないほど切羽詰まっていた。

早く騎一を迎え入れたくて、尚は震える身体を起こして相手を横たわらせる。

「……乗ってくれんの？」

「……だって、おまえ妊夫だから、しょうがないだろ……」

嬉しそうに見上げられたら、急に自分だけずり落ちかかったシャツのみという半裸の姿で、相手はまだTシャツとパジャマを身につけたままなのが恥ずかしくなって、

「……おまえも脱げよ、俺ばっかり脱がして……」

と照れかくしにTシャツをめくりあげようとすると、腹部に線状に走る傷痕が目に入る。

「傷とか見たら気になるかなと思って」

裾を下げようとした騎一の手を押さえ、尚はじっとそこに視線を落とす。

手術の痕を見ていたら、なんだか妙に泣きたくなって困った。

最初は男のくせに、他人なのに、こんなバカげたことをする非常識極まりない考えなしって本気で呆れたし、兄弟なんかいらないから余計なことするなって思ってたのに、でも騎一がバカなことをしてくれなかったら、今こうしてないし、若様もいなかったと思ったら、心の底から「ありがとう、嬉しい」という気持ちが込み上げてくる。

尚は慎重に上半身を倒して、騎一に思いのたけを込めて口づける。

「……おまえがバカで非常識で考えなしで、ほんとによかった……」

「だからなんでケンカ売んの？　こんなときに」

やっぱりどうしても素直に「ありがとう」とは言えずにまた憎まれ口を叩いてしまい、せめて身体でわかれ、と尚は相手の屹立《きつりつ》に手を添えて後孔《こうこう》に宛がう。

「…んっ…ぅんっ……あ……」

ゆっくりと相手の長さや硬さを味わうように体内に深くおさめると、尚は首を仰《の》け反《ぞ》らせて「あぁ」と満足げな吐息を零す。

「……可愛げねえこと言うくせに、色気はあるんだよな」

下から見上げながら独り言のように言った騎一にゆるく突き上げられて、

「アッ、こら…おまえはダメ…俺が動くから…っ…あ、んんっ……」

膝立ちした腿を震わせながら、尚はゆっくり身体を揺らしはじめる。

欲しかったもので奥まで満たされて、どうかしてしまったのかと思うほど感じた。

羞恥で遠慮がちだった動きも、気持ちよさに徐々に我を忘れて大胆に腰を振り乱してしまう。

「…はぁっ…あぁっ…きいち……きいち……」

意味を成さない喘ぎより相手の名前を呼びたくて、何度も名を唇に乗せる。

乱れる自分をさらに乱すように、相手の大きな手は尻を摑んで捏《こ》ね回し、胸の尖りや揺れる性器にも悪戯をしかけてきて、尚は首を振って制止しようとその両手を握る。

悪戯を封じ込めながら相手を見下ろすと、ふっと笑顔を見せた騎一にきゅっと繋いだ手に力を込められた。その瞬間なぜか胸がいっぱいになって、尚の目から涙がつうっと零れる。

今、胸を占めている幸福感をどうやって伝えたらいいだろうと思いながら、尚は今度こそ憎まれ口にならないように、素直に心に浮かんだ気持ちを言葉にした。

「……騎一……、俺、おまえと出会えて、仲良くなれて、すごく、嬉しい……」

子供みたいな語彙になってしまい、かぁっと赤くなる尚を見上げて騎一はやや目を瞠り、

「…くそう、やっぱ可愛げねえフリして超可愛い」

身を起こした騎一に噛み付くみたいなキスをされ、止める間もなく強く突き上げられる。

ふたり同時に達するまで、尚は若様が胎内で赤面するような声を上げ続けた。


「……あの、おまえ、おなか大丈夫？　俺が動くって言ったのに……」

狭いベッドにくっついて横たわりながら尚が騎一の腹部に手を当てる。

予想外にハードになってしまった情交を心配する尚に、騎一はのんきに笑う。

「大丈夫大丈夫、俺が気持ちいいと若様も気持ちいいはずだし、特に腹も張ったりしてねえから。…だって、尚さんがフェイントでエロ可愛いから大人しくしてらんなかったんだもん。またやろうね？」

「……。いいけど」

いいのか、と自分でつっこみ、…うん、まあたまになら、と自分で答えながら、赤い顔を見られたくなくて尚はころんと反対側に寝返りを打つ。

昔自分が使っていた練習室を眺め、クローゼットにしまったままの譜面台や楽譜を今度出してバイオリンもピアノも調律して、もう一度練習してみようかな、とぼんやり思う。

若様にまともな音楽を聞かせてやりたいし、などと考えて、尚は自分がかなり騎一の影響で変化してきていることに気づく。

演奏家になるほどの才能じゃなくても、若様や騎一のために弾いて喜んでもらえるなら、弾く意味があるような気がする。

人と深く関わりたくなかった自分が、誰かのために、なんて思うようになるとは自分でも不思議だったが、自分を変える相手が騎一なら、そんなに嫌じゃないような気がした。

尚はもう一度騎一のほうに寝返りを打って相手の目を覗き込む。

この男が神と尊敬するなんて、やっぱり父はそれなりにすごい人なのかな…とはじめて思いながら尚は言った。

「……あのさ、おまえが一番好きな朝来野《あさくの》寛《かん》の作品ってなに?」

急に訊かれて騎一はちょっと意外そうに眉を上げ、

「んー、いっぱいあって悩むけど、やっぱ一番は『マジカルアワード』かな。売れない作家が騙されて映画の脚本書かされて命狙われたりするどたばたコメディなんだけど、大笑いさせつつ、『いろいろしんどいことがあっても、生きてたらいつかきっといいこともあるからさ』みたいなメッセージがぐっとくるんだよ。あれが一番好きかな」

「……ふうん」

以前の自分なら、あんな暗い親父《おやじ》がそんなほがらかなことよく書くよ、とひねくれているところだが、ほかの朝来野作品についても熱く語りだす相手の顔を見ていたら、

（うん、まあほんとにそうかも。どんな人にもたまにはいいことって訪れてくれるのかも）

という気持ちになる。

「……ねえ尚さん、ちゃんと聞いてる？　食わず嫌いしてねえでさ、気が向いたら一冊くらい読んでみたらいいのに。絶対『俺のお父さんてスゲー！』って思うと思うよ」

ぼんやりしていたのを咎められ、騎一に軽く頬を摘《つま》まれて顔を振って逃げながら、

（若様が産まれて、言葉をしゃべるようになったら、きっと『俺のお父さんてスゲー！』って思うと思う、いろんな意味で）

と想像したらおかしくなって尚はプッと噴く。

なにがおかしいの、と目顔で聞いてくる騎一に尚は笑いながらキスをした。

「なんでもない。気が向いたら、おまえのおすすめを読んでみようかなと思っただけ」

＊＊＊＊＊

「……というのが次回のシベリアブリザード第十五回公演のストーリーだ。メインキャストは騎一《きいち》と尚《なお》と俺。シベリアの新作は、男が妊娠するというフェイクドキュメンタリータッチの男と男のラブストーリーで、タイトルは『恋する遺伝子』だ」

劇団シベリアブリザードの稽古場で、床に思い思いの場所に座るメンバーの前に立って次回の演目のストーリーを座長兼座付き作家の梯継春《かけはしつぐはる》が語り終える。

ぱらぱらと第一稿の台本をめくりながら朝来野《あさくの》尚が言った。

「座長、ホモネタですか？　本気で？」

クールな美人顔を軽く歪めて質問した尚に、頭にバンダナを巻いた梯は頷いた。

「そうだ。千花《ちか》がハリウッドに行って看板女優が抜けた分、メインキャストが全部男でも無理のないストーリーにしなきゃいけなかったからな。今は歌舞伎《かぶき》界でもBL歌舞伎とかやってるし、うちもひとつブームに乗って騎一と尚の生絡みで新規の集客を狙ってみようかとネタを作ってみた。俺もほんとは騎一ともっと絡みたかったんだけど、ビジュアル面を考慮して尚との絡みを増量したんだから、主役のひとりとして文句言わずにラブシーン気合いれろよ」

「……」

嫌そうに口を噤んでまた台本に目を落とした尚の隣で騎一が手を挙げた。

「ストーリーへのツッコミは置いといて、なんでここまでオール実名なんすか？　結哉《ゆいや》とか和久井《わくい》さんまで登場してるし。せめて名前変えないとマズくないですか？　まさかほんとのことかもって信じちゃうお客さんがいるとは思わねえけど、朝来野《あさくの》先生も小山内《おさない》先生も生きてるし」

騎一の指摘に梯は頷いて、

「もちろん名前は変える。騎一は『轟義一《とどろきぎいち》』で尚は『月夜野尚人《つきよのなおと》』とか似た名前にして、朝来野先生の作品とかは全然わからないように変えようと思ってる。今朝《けさ》まで第一稿書いてたから、全部実名のまま印刷しちゃったんだよ。モデルは全部おまえらで、キャラは当て書きだし、もしこういう状況になったらおまえらや和久井さんたちも全員こういう行動取るだろう、とイメージしながら書いたんだ。妊娠設定以外のディテールはほぼ事実に即したセミドキュメンタリーだから、おまえらはあんまり役作りいらねえから」

当て書きと言うとおり、尚は本当に劇団に入る前は一年だけ公務員だったし、音大を出ていて、父が有名な劇作家で、ずっと不仲であることも事実だった。

騎一の実生活もほぼ実話で、妊娠設定以外はまさにドキュメンタリーである。

「けど、男が妊娠なんて突飛すぎると思うんですけど。それに遺族がいらないって言ってるのに医者が私情で受精卵を産ませたがるとかその日のうちに手術なんてありえねえんじゃねえかな」

と騎一が言うと、梯が

「ありえねえけど、ノンフィクションじゃないんだから全部リアリズムに徹する必要はないんだよ。お客さんが『え、マジで？　嘘だろ、ありえねえだろ、でもほんとに？』って物語に入り込んでくれればいいんだ。それに俺の知り合いの医者が男でも腹膜に受精卵を着床させれば妊娠可能だって言ってたぞ。人工子宮は捏造《ねつぞう》だけど、実際肝臓とかは再生臓器の研究されてるらしいから、どの臓器も将来的にはありうるだろうし。一応医療監修してもらったら、十八週くらいの胎動は外から触ってもわかんないらしいし、医療的な小ネタは大ウソなんだけどさ、メインテーマは突飛な設定で生まれるラブ&ヒューマニティだから細かいことは芝居上の嘘ってことで許してもらおう」

騎一の反対隣に座っていた高山《たかやま》が手を挙げる。

「座長、どうせなら、尚が妊娠する設定のほうが女役なんだから自然なんじゃないですか？」

まあそういやそうだな、どっちも自然じゃないけど違和感は減るかな、と他の団員たちも同意すると、梯は首を振る。

「それじゃ普通の男女のラブストーリーでも一緒じゃないか。男役の男が妊娠するっていうのがこの話のキモなんだよ。女の側が産むのが当然っていう発想から離れようよ。既成概念を打破するんだ。騎一の台詞に出てくる性転換手術して男になった人が出産した話は実話なんだけど、アメリカの話だから宗教的に『神への冒瀆《ぼうとく》』とか責める人も多かったらしいんだ。けど、妻が産めない身体で、できるものなら自分も産みたいっていう男性からの励ましもたくさんあったんだって。そういう男性だっているし、産まないことを選ぶ女性だっているだろうし、いろんな人がいていいじゃないかって思うわけ、俺は。男だから女だから『〜だからこうあるべき』みたいな枠をとっぱらって、みんなが自由にいろんな生き方を選べばいいし、それを他人がとやかく否定する権利はないって言いたいわけよ、男が妊娠するという暗喩《あんゆ》を使って」

だから妊娠するのは騎一で変更なし、と梯は断言する。

シベリアブリザードの作品は梯が書いた台本を叩き台にして、団員みんなで意見を出し合って作り上げるのが慣例になっている。

今度は近くにいた石井が手を挙げて、

「座長、尚が開かずの間にしてたお父さんの書斎に騎一が入り込んで本読んでるっていう設定があったから、騎一が本の中にお父さんが尚に宛てた手紙を発見するとか、実はこっそり尚の写真を大事にしまってたのを騎一が発見する、みたいなシーン入れて、尚と天国のお父さんの邂逅《かいこう》シーンがあると泣かせどころになるんじゃないすか？」

「んー、そうだな、それも入れてもいいだろう」

梯は赤鉛筆で第一稿の台本に走り書きする。

他のメンバーから、

「せっかくだから、臨月になって帝王切開のシーンも入れて、尚が手術中っていうライトを凝視しながら廊下で待ってて、オギャーって若様が産まれて、『ありがとう』っていうとこまでやったほうが徹底してるんじゃないですか？」

「うん、まあそれも考えたんだが、そこまでやんないほうが無難かなと思ったんだよ。俺は妊婦さん萌えがあるからあのラインに美を感じるけど、騎一の腹ボテをリアルにやるとコントっぽくなりすぎる気がして、今回は妊夫かどうかわからないくらいのビジュアルのまま、ラブなところで締めようと思ったんだ」

まあたしかにコントですよね、そもそも最初の設定からコントっぽいですけど、とメンバーたちが頷く。

「ほかにはなにかないか？　……ないようなら、さっきの邂逅シーンを追加して、名前を実名じゃないものに直して明日二稿を持ってくるから。他の配役は、石井《いしい》と高山は本人で、和久井仁《じん》役は三村《みむら》、嵯峨《さが》結哉役は権藤《ごんどう》、千花役は国立《くにたち》、ラボのスタッフ役は……」

細かい配役が伝えられ、では本日は解散、という梯の声にメンバーは立ち上がって揃って挨拶する。

帰り支度をして騎一が階段を下りて外へ出ると、ポンと後ろから肩を叩かれた。

「駅まで一緒に行こうぜ」

舞台上で惚れた腫れたを演じることになった相手役の尚が素っ気ない顔で声をかけてくる。

「今日はこれから結哉んちに行って飯食わしてもらうんだけど、尚も来る？」

「え。いいよ、急に俺まで行ったら悪いから」

「別に平気だよ、遠慮すんなよ」

「おまえんちじゃないだろう、図々しい」

まるで劇中のようなやりとりに尚はふと言葉を切り、「……参ったな、あのホン」と溜息をつく。

「男の妊娠自体がぶっとんだ設定だし、ホモだし、くさい展開多いし、……でもめっちゃむかつくのが騎一モテモテストーリーっていうところ」

腹立たしげな尚に騎一はフフン顔で笑う。

「まあしょうがねえよ、俺モテるから、マニアには」

「ダメな人には毛虫かゴキブリ並みに嫌われるけどな。……俺がおまえに惚れるっていう展開がありえなすぎてむかつくんだよ、逆ならともかく。絡みも長いし、台本何ページ分あったか数えてないけど、もっとさらっと、『やってんだぞ』ってわかる程度ですぐ暗転して朝チュンにしてくんないかな、座長……」

「んー、でもそこを客寄せにしたいっぽいこと言ってたし、どうかな。……まあしょうがねえじゃん、やるしか。俺は細かいことはともかく初主演で嬉しいけど」

……俺も主役は嬉しいけど、あの役はちょっと……と尚は不服そうにぼやく。

しばらく黙って並んで歩いていると、尚が「なあ」と騎一に目をやり、

「やっぱさ、座長は騎一を気に入ってんだから、遠慮しないで堂々と舞台で絡めるように騎一と梯先生がくっつく展開にしたらどうかな。作中の尚は素の俺より輪をかけて素直じゃないから、『行かないで』って言えなくて失恋するっていう展開」

よっぽどラブシーンに抵抗があるらしい尚に騎一は苦笑しながら言った。

「じゃあ座長に言ってみれば？　……けど、どっちかっつうと俺は座長と絡むくらいだったら尚のほうがいいけど」

「……え」

怪訝な顔で訊き返す尚にニッと笑って、騎一は前方に見えてきたマンションを示す。

「あの三階が結哉んちなんだけど。本物のゲイカップルの雰囲気つかむために尚もおいで

よ。結哉の飯うまいし」

騎一は尚の手首を掴んでエレベーターに乗せ、結哉の部屋まで連れていってしまう。

プチパトロンの後輩は急なお客にやや驚いたようだったが、劇団の顔見知りだったせいかすぐに笑顔で迎え入れてくれ、三人で食べ終えた頃、和久井が残業を終えて帰ってきた。

「あ、和久井さん、お帰りなさい。今日はお客さんがいるんです。こちらはシベリアの朝来野尚さん。『肴は炙った烏賊』で『謎のピアニスト』の役をやってた方です」

結哉が和久井に尚を紹介すると、和久井は「ああ、あの…」となんとなく思い出したような顔で尚に会釈する。

「こんばんは、和久井と申します」

「朝来野です、すみません、突然お邪魔してしまって。騎一に結哉くんの料理がすごく美味《おい》しいからって連れてこられちゃって図々しくすみません。ほんとに美味しかったです」

尚がぺこっと頭を下げながら言うと、和久井は『料理上手の幼妻を誉められて僕ぁ幸せだなぁ』的な笑顔をわかりやすく浮かべて席に着く。

和久井が食べ終わると、騎一はデイパックから新作舞台の第一稿を取り出した。

「今日はふたりに耳寄りな情報が。今度の舞台、なんと俺と尚が初主演なんだけど、さらにサプライズがあるんだよ。ほら、ここ見て、和久井さんと結哉も出てくるんだよ」

えっ！　と驚くふたりに騎一はぱらぱらと台本をめくってふたりの登場シーンを示す。

「尚が俺への恋心に気づくための布石になる、結構狂言回し的に大事な役なんだよ。名前はちょっと変えるって言ってたけど、モロふたりのことだし、三村と権藤がやるから公演楽しみにしててくれよ」

尚も自分の台本を鞄から取り出して渡すと、結哉と和久井は「わぁ、お芝居に登場するなんて、なんか照れくさいです……」「ほんと」とにこにこしながらそれぞれ台本を眺める。

登場シーンを確認し終えたふたりは腑に落ちない表情を浮かべて騎一に言った。

「あの先輩、僕、和久井さんの…えっと、使用済みの…アレとか、冷凍保存なんかしてませんけど……」

と結哉が赤くなりながら抗議すると、和久井も

「それに俺達はふたりだけのときも『ジンジン』と『ユイユイ』なんて呼び合ってないぞ、…まだ」

きっとおまえが稽古場であることないことしゃべってるから脚本書く人がこんなデタラメ書くんだろう、と責められて騎一は首を竦める。

「俺はあることしかしゃべってねえっすよ。座長が勝手にいろいろデフォルメしてストーリーの進行上適当にエピソードを捏造して書いちゃったんだと思うけど、でも割と全部『言いそう言いそう、そういうことしそう』って感じでキャラ摑んでると思うけど。なあ、尚も実物見てそう思わねえ？」

騎一が振ると、尚は和久井と結哉を交互に眺め、「うん」と頷く。

どうも機嫌を損ねてしまったらしいふたりの前から早々に辞して、騎一と尚は駅まで歩きながら、

「ったくケツの穴の小せえバカップルだな、フィクションなんだからおおらかに構えてりゃいいのに」

「……なんか俺の真意が誤解されたっぽいんだけど、俺は結哉くんが変態なコレクターに見えるとか言いたかったんじゃなくて、もしおまえがほんとに妊娠したとしても、ふたりともほんとに親身になってくれそうって言いたかっただけなんだけど」

次に会ったときよく弁解しといてくれよ、と言う尚に騎一は「わかった」と頷き、ちょっと考えるような間を空けてから真面目な口調で言った。

「……あのさ、尚。余計なことかもしれねえけど、お父さんにもさ、『ほんとはこういうふうに思ってる』って尚から歩み寄って伝えてみれば？　現実の朝来野寛は生きてるんだしさ。座長もそう思ってあのへん書いたんじゃねえかな」

「……」

尚は不機嫌そうに騎一を睨む。

「……うるさいよ、ほんとに余計なんだよ。うちは芝居みたいに都合いい邂逅シーンなんてありえないくらい深い断絶があるんだよ。……俺、おまえのそういうおせっかいなとこ

ろゴキブリ並みに嫌い。たとえ芝居でも『おまえのバカな話をこれからもずっと聞いていたい』なんて心にもないこと言わなきゃいけないなんて最悪」

「あ、そう、残念だね、もっと心にもない台詞死ぬほど言わなきゃいけねえし、ラブシーンまでしなきゃだし。……超可愛くねえから、おしおきに毎回ベロチューしちゃおっかな。舞台の上なら反撃できねえだろうし」

「……っ」

ぴきっとこめかみをひくつかせる尚を楽しそうに眺め、騎一は尚弄りを続ける。

「この際さ、舞台でリアルな演技ができるように、役作りのために一回ほんとにHしてみる？　俺まだ野郎抱いたことねえけど、作中では妙に手慣れた芝居しなきゃいけねえし、尚も『美人でテクニシャン』の役だしさ」

尚は目を眇め、「……おまえは役作りで一回妊娠しろ」と吐き捨てる。

騎一はおかしそうに笑って、きゅっと尚の頬を摘んだ。

「人生なんていつどうなるかわかんねえんだから、のっぴきならない事情でほんとに男なのに妊娠することだってあるかもしんねえし、俺はまだゲイに目覚めてねえけど、この芝居をきっかけに尚との間に愛が芽生えちゃうこともないとは言えねえよ？」

尚は邪険に頬を摘む騎一の手を払い、きっぱり言った。

「死んでもありえないから。どんなのっぴきならない事情でも男は絶対妊娠しないし、お俺まえと芝居で何回キスやフェラやHするフリしようが、何回恋に落ちたフリしようが、俺とおまえの間に愛が芽生えることは金輪際ない。俺だってゲイでもバイでもないし、高校の寮でゲイ開眼なんかしてないし、もし万が一ゲイに目覚めたとしてもおまえは全然タイプじゃないから愛は芽生えない、絶対」

「そんなのわかんねえじゃん」「いや、わかる」と口論しながら、ふたりは傍から見たら結構仲良さそうに駅までの道のりを歩いた。

END

本音と妄想は恋のせい　完全版

「よっす結哉《ゆいや》ー、なんか食わしてくれー。……ん？　なんだお前、またその偽アンケ眺めてんのか。飽きねえなぁお前も」

ある日の昼下がり、いつもどおりの台詞で上がりこんできた騎一《きいち》に見られたくなかった姿を目撃されて、結哉はどきっと背筋を震わせる。

もう何度も見返して端に手擦れのあとがついているアンケート用紙を慌てて閉じながら、

「だ、だって、やっぱり少しでも和久井《わくい》さんの好みとか理想に近づきたいし……」

口ごもる結哉に騎一は首を竦める。

「別にわざわざそこまで『あなた色に染めてください』的な努力しなくても、和久井さんはとっくにお前のそういうウザいとこまで全部超ウザ可愛いと思ってるだろうよ。もしお前がまさかのバカ殿様のコスプレをほんとにしたとしても、たぶん『俺の恋人は、バカ殿様のメイクをしてさえ可愛い仔リスっぽさが滲み出ちゃうんですっ！』とか心の中で叫びそうだけどな、あの人」

結哉はぎょっと目を瞠って、

「そんな、たとえ心の中でも、和久井さんがそんな変な絶叫したりするわけありません」

ふるふる首を振って否定する結哉に騎一は興味なさそうに食糧を探しながら言った。

「ま、どうでもいいけど。とにかくそのアンケの回答ってさ、恋人になる前の話だから、もし今質問し直したらきっと違う回答になると思うぞ？　だってほぼ初対面に近い隣の大学生から、授業で使うアンケに協力してくれって頼まれてたわけじゃん？　和久井さんは割と常識的な人だから、トンチキ系とか下ネタ系の設問には、隣人にムッツリスケベと思われたくなくて、絶対体裁繕ってるはずだ。それにアンケの時は、和久井さんは架空のパートナーを想定して答えてたから、結構素っ気ない回答が多かったけど、パートナーがお前って考えた場合にはまた回答が変わると思う。ほんとに和久井さんの本音が知りてえなら、もう一回アンケに答えてもらえば？」

信憑性《しんぴょうせい》があるような無いような騎一の意見に惑わされ、結哉はゴクリと唾を飲んで頷いた。

「わ、わかりました……」

その夜、仕事帰りにまっすぐ結哉の家に寄った和久井と夕飯を食べながら、結哉はどのタイミングで言い出すべきかひとり悩む。

「…ご馳走《ちそう》さまでした、今日も美味しかった」

箸《はし》を擱《お》いてしみじみ言った和久井を上目で見上げ、結哉はおずおずと切り出した。

「お、お粗末さまでした…。あ、あの、和久井さん、えっと、お疲れのところ申し訳ないんですけど、もう一回だけ、あのアンケートに答えてもらえないでしょうか……？」

　和久井は驚いたようにやや目を瞠り、

「……え？　アンケートって、例のあれ……？」

「は、はい。ごめんなさい、何度も…。あの、今日騎一先輩から、和久井さんがあのアンケートに答えてくれた時は、まだよく知り合う前だったから、たぶん変な設問には和久井さんは本音を隠してたに違いないから、もう一回アンケートをさせてもらえって言われて、僕もできれば和久井さんの本音が聞けたら嬉しいなって思ったので……」

　和久井が内心で、

（……騎一の野郎、また変な洞察力を働かせて余計な入れ知恵しやがって……）

などと思っているのも知らず、結哉は恐縮して俯《うつむ》く。

「いや、あんまり誤魔化さずに変な設問にも率直に答えたつもりなんだけど……、そんなに俺の本音が知りたいの？」

「はい、知りたいです」

　頷く結哉に和久井はしょうがないなぁという表情で苦笑して、ちょっと考えるように視線を彷徨《さまよ》わせる。

「んー、……じゃあさ、今ここで結哉が俺の膝の上に座りながら質問してくれるならいいよ？　結哉のこと後ろから抱っこしながらでいいなら、本音を包み隠さず答えてあげる」

嬉しそうな和久井の提案に結哉は狼狽えてしどろもどろになる。

「え……、で、でも、そんなの重いでしょうし、ご迷惑じゃ……」

「全然迷惑じゃないし、むしろ大歓迎。……ほら、おいで？」

ぽんぽんと腿を叩いてにこっと笑まれ、結哉はドキドキしながら小声で言った。

「……え、えっと、では、お言葉に甘えて、座らせていただきます…失礼します……」

「どうぞ」

結哉は席を立って和久井の前までおずおず進み、遠慮がちに膝に座るとぐいと引き寄せられて後ろからがっちりホールドされてしまう。

内心の動揺を隠してアンケートをめくり、努めて背後を意識しないようにしながら、

「……えっと、では『お酒を飲むとどうなりますか？』の質問からいきますね。前回の和久井さんの回答はaの『饒舌《じょうぜつ》になる』でしたけど、これは…？」

「んー、饒舌にもなるんだけど、最近酔うとfのキス魔で噛みつき魔になることに気づきました」

かぷ、と耳朶を噛まれて結哉は「あっ…！」とビクリと身を震わせる。

「ちょ、あの、和久井さん、今、全然酔ってないのに……」

身を竦めながら訴えると、和久井が結哉のうなじに鼻先を埋め、

「んー、結哉の匂い嗅《か》ぐと、酔っちゃうみたいなんだよね。この清潔な匂いがたまんなくいい……」

うっとりした声で呟きながらすうすう嗅がれ、結哉はビクビクとみじろぐ。

「あのあの、ちょ、和久井さんっ、アンケートが、できなくなっちゃうから、嗅いじゃダメです…。えっとえっと、次は『人に言えない趣味はありますか？』で、これは前回NOだったんですけど」

「んー、なんかね、趣味っていうのと違うかもしれないけど、最近かなり妄想癖が激しいかなって、自分を省みることがあります」

意外な気がして結哉は首を傾げ、

「……そうなんですか？」

「うん、若干？」

「例えば、どんな妄想を……？」

和久井は結哉の肩に顔を乗せて、あっさり言った。

「んー？　別にそんな異常な妄想じゃないよ？　恋人がいる男なら普通にみんなやってるレベルだと思うけど……例えば、この問23の『現在、交際している恋人はいますか』って訊かれたとしたら、即座に脳内で『今、俺の膝に乗って超可愛くアンケートに答えさそうとしている子が俺の恋人なんですっ！』って、すごく酔っぱらってたら絶叫してるところだ、とか妄想しちゃう感じ？」

騎一の指摘どおり、本当に脳内で変な絶叫をしているらしい和久井に結哉はぎょっとする。

「……な、なるほど……。それって、普通なんですか……？」

「うん、たぶん」

きっぱり言われて結哉は目をパチパチさせながら「そうなんですか…」と納得したようなしないような声を出す。

「えっと、じゃあ次は…『パートナーの髪形はロングとショートとどちらが好みですか？』は、前回は『似合っていればどっちでも』という答えでしたけど」

「うん、髪形は特にこだわらないけど、こういうサラサラしてていい匂いがする髪が好きです」

また髪を撫でながら匂いを嗅いでくる和久井に結哉は焦って、

「あっ…！　待って、和久井さん、嗅いじゃダメですってば、くすぐったいから、ちょ、やめて……！」

相手の本音が知りたいのに邪魔ばかりしてくる恋人を窘めながら、結哉は一生懸命アンケートに集中しようと試みる。

「えっとえっと次は『もし一日だけその人になれるとしたら…』は、前回は『イチロー』

でしたけど」

「いや、もう一日も誰にもならなくていいです、『嵯峨《さが》結哉の恋人の和久井仁《じん》』で充分幸せだから、誰とも代わりたくないです」

耳元で囁かれて結哉は感激しながら振り向く。

「和久井さん……僕もです……」

思わず目を潤ませて告げた結哉の唇を和久井が塞ぐ。

しばらくキスに浸り、余韻に息を上げながら結哉はアンケのやり直しを続ける。

「……えっと、次は『次のうち合コンするとしたらどのチームがいいですか？』は、前回は『女お笑い芸人』でしたけど」

本心ではどのグループも選んでほしくなくておずおず訊くと、

「元々合コン好きじゃないし、もう誘われても行きません。そんな暇あったら結哉とデートしたいし」

和久井の回答に結哉は「え、ほんとに…？」とまた瞳を潤ませる。

「僕もです……。えっと、次は『他人からひそかに好意を寄せられていることに敏感に気づくほうですか？』は、前回NOでしたけど」

「うん、我ながらほんとに鈍いなって思ったけど、結哉が一年間もずっと片想いしてくれてたのに、全然気づけなかったのがすごい残念です。早く気づいてたら、もっと早くいちやいちゃできたのに……」

　無念そうに答えた和久井にがばっと抱きすくめられて頬ずりされ、

「あん、和久井さんっ……待って……！　アンケートが終わってから、ゆっくり……ね？

……えっと、次は『一目惚れをしたことがありますか？』で、前回はNOでしたが」

「んー、今振り返ってみると、結哉がうちにアンケートをしにきた時に、ちょっと一目惚れだったような気がする……。なんか、仔リスみたいで可愛いなって思ってたんだ、実は」

　信じられない言葉に結哉は目を見開いて振り向く。

「う、嘘……ほんとに……？」

「うん、ほんと」

　また優しくキスをされ、結哉もうっとりと応える。

　はぁはぁと息を乱しながら、結哉はアンケート用紙を握りなおしてページに目を落とす。

「……えっと、じゃあ次は『次のうち一番言われたら腹が立つ罵倒語《ばとうご》はどれですか？』で、前回は『ウザイ』でした」

　素敵なキスのあとにこの設問を問う意味が自分でもよくわからなかったが、『和久井さんの本音が知りたい』という情熱に突き動かされて結哉が質問を続けると、和久井が笑いを堪えながら言った。

「……ねえ結哉、この回答欄の選択肢、もう一回全部読みあげてくれない？　前に質問された時も、すごく可愛い声で『バカ』とか読むの聞いてるのがめっちゃおかしかったんだよね。もう一回聞きたいな」

変なおねだりをされて結哉は「え…」と狼狽える。

「な、なんか恥ずかしいですけど、ではリクエストにお応えして、読みますね。……『a．バカ　b．ケチ　c．ケツの穴が小さい　d．キモイ　e．ウザイ　f．最低』」

可愛い声などと言われて動揺しながら読み上げると和久井がプッと噴く。

「あー、やっぱ結哉が言うと、『ケツ』とか言っても可愛い」

またがばっと抱きしめられて頬ずりされ、結哉はあわあわしながら、

「だ、だから、和久井さん、そういうのは、また後で、ね…？　えっと、次は『好みではない相手とでも状況的に可能であれば性的関係を持てますか？』で、前回はNOでしたが」

和久井が急に真面目な口調で頷いて、

「はい、もちろん結哉としか性的関係は持ちたくありません」

思わずつられて結哉も真面目な口調になる。

「あ、ありがとうございます、僕も和久井さんとしか性交渉したくありません」

こんな堅い口調で答えるようなことじゃないだろう、とプッとふたりで笑いあい、どちらからともなく唇を寄せ合う。

ずっとしていたいようなキスのあとなのに、次もまた騎一の脳内を覗いてみたくなるよ

うな意味不明の設問で、

「…えっと次は『もし映画のワンシーンのようなシチュエーションを実際に体験するとしたら…』ですが、前回は『あなたって最低』と高級レストランで顔にばしゃっとワインを浴びせられるのも、朝起きると一緒にいるはずの相手の姿がなく、洗面所に『あなたって最低』というルージュのメッセージのみが残されているのも両方体験したくないということでしたが」

　ちょっとはもう一度質問し直す設問を選ぶべきかな、と思いながらも和久井の本音ならなんでも聞きたくて、結哉は自分を止められずにトンチキな設問を続ける。

　和久井は結哉を抱く腕にぎゅっと力を込めて、

「はい、実際に結哉に翌朝消えられて、ほんとに落ち込んだので、あれは二度と体験したくないです。……あとは、まあ結哉にプレイの一環として顔にワインを浴びせられるなら、一回くらいやられてもいいかなぁ、とは思いますが」

　和久井の言葉にびっくりして結哉は目を剝く。

「そ、そんなこと、和久井さんの顔にワインを浴びせるなんて、そんなとんでもないこと僕ができるわけないじゃないですか……。もし和久井さんが僕の顔にかけたいなら、全然構わないですけど……」

　そう言うと、今度は和久井のほうが驚いたように、

「え。いいの？　……じゃ、じゃあさ、……ワインじゃなくてもいい……？」

急に声を潜められ、結哉はきょとんとする。

「え？」

なにかほかにかけたいものがあるんだったら言ってほしいと振り向いて目で伝えると、和久井は取り繕うように笑顔を見せる。

「いや、なんでもない。……次の質問はなに？」

「えっと、あ、これ聞きたかったんです、『もらったら嬉しいプレゼントはなんですか？』に、前回はなんでも嬉しいっていう回答だったんですけど、僕、和久井さんのお誕生日とかクリスマスとかになにか喜んでもらえるようなプレゼントをしたいので、欲しいものがあったら教えてほしいんですけど……」

本当は教えてもらわなくてもわかるようになりたいけど、と思いながら聞いた結哉に和久井はしばらく溜めてから、

「……すっごいベタなこと言っていい？　『結哉』が欲しいんですけど、今すぐでも」

顔を寄せられキスされながらべたべたあちこち触られて、結哉は焦って身を捩《よじ》る。

「えっ…！　ちょっ、やっ、待って、和久井さんっ、ダメっ、具体的に品物とか聞きたいのに…！　あんっ…ダメですってば！」

必死に相手の肩を押し返して押し止《とど》めると、不満げに和久井が口を尖らせる。

「別に品物なんかいらないんだけどな。……ねえ、まだアンケ終わらないの？　ちゃちゃっと進めて早くいちゃいちゃしようよ」

……和久井さんが、いい大人なのに甘えたさんになってる……と思いながら、結哉は窘め口調でおあずけを告げる。

「もうすぐ終わりますから、もうちょっと待っててください。えっと、『次のうち、一番親しくつきあいたいのはどのタイプですか？』は、和久井さんは前回『仕事ができる口の悪い女』を選んでましたが…」

「いや、あれは消去法でしょうがなく選んだだけだから。今はcの気立てがよく控えめで、純情で思いやりがあり一緒にいると心が和む癒やし系の男の子を選びます。つうか結哉限定だけどね」

cの形容に自分が当てはまるとは思っていないが、自分限定と言ってもらえたのが嬉しくて、結哉は瞳を潤ませる。

「和久井さん、嬉しいです……、僕も和久井さん限定です…ン」

言い終わらないうちに唇を塞がれ、甘いキスに酔いしれる。

満足げに息を整えながら、結哉はしつこくアンケートを読み上げる。

「……えっと次は『もし一週間休みが取れたら何をしたいですか？』で、前回は南の島か温泉に行きたいとのことでしたが」

「んー、また結哉と碧海島《あおみじま》に行って、一週間二人だけで思いっきりいちゃいちゃしたいです」

「え……」

地震や竜巻や雷や嵐《あらし》などすったもんだのあった無人島ツアーだったが、ふたりだけの島にもう一回行けるとしたら……と結哉は宙を凝視しながら呟く。

「……和久井さんを一週間も独り占め……？　夢みたい…、じゃなくて、えっと次は『パートナーに頼まれたら嫌なのは次のうちどれですか？』は、前回は座薬よりペディキュアを選んでましたけど」

こんな設問ばかりですみません、と百万回目のお詫びを心の中でしながら問うと、

「んー、結哉に頼まれたんだったら、どっちも嫌じゃないです。むしろ率先してやってあげます。結哉に『やって？』って言われたら、やったことないけど頑張って凝ったネイルアートとかやってあげちゃいそうな自分がいます」

本気っぽい口調に狼狽えて、結哉は消え入りそうな声で首を振る。

「……いえ、僕はペディキュアとかそういう趣味はないので、お願いしないと思うんですけど……でも、和久井さんに塗ってもらえるんだったら、ちょっとやってほしいかも……じゃなくて、えっと次は『目の前にとても綺麗な人がいて、一カ所触ってもいいと言われたらどこを選びますか？』で、前回は髪でしたが、これは？」

思わず出てしまった心の声を遮るように次の設問を読み上げた結哉に和久井は「んー」と考えるようなそぶりを見せる。

「本音言っていい？　一番触りたいのは、ここかな」

言葉と同時に両の乳首を摘まれ、結哉は悲鳴を上げる。

「あっ！　ダ、ダメです、摘んじゃ……。やっ、まだダメ、アンケートが終わってから！」

服の上から悪戯する手を懸命にどかしながら、

「……でも、あの、和久井さんて、乳首が好きなんですか……？」

前に膝小僧が好きみたいなことも言ってたけど、と思いながら問うと、和久井は堂々と頷いた。

「うん、実は。でも結哉の身体は一カ所だけなんて選べないくらい全部触りたい」

またべたべた触ってくる和久井に結哉は焦って、

「待って待って、お願い、後で……！　えっと次は、『ある朝鏡を見たらアフロヘアになっていたらどうしますか？』ですけど……」

本当にこの設問に対する本音を聞き直してどうする、と自分でも思わなくもないが、結哉は湧き上がる和久井のことならなんでも知りたい欲を抑えきれずに回答を待つ。

「んー、アフロヘアに生クリームとかつけて、結哉の身体に習字したいかな」

「……」

まさかそんな回答をさらっと返されるとは思わず、結哉は（……和久井さん、なんかさっきからいろいろ……回答が変態っぽい気がするんだけど……）と内心驚く。

狼狽しながらも、どこまでも『あなた色に染めてください』タイプの結哉はおずおずと言った。

「……えっと、別にアフロにしなくても、もしそういうプレイを和久井さんがやりたいんだったら、あの、ど、どうぞ遠慮なく……」

恥ずかしかったが、相手が喜ぶなら生クリームだろうがジャムだろうがチョコだろうが蠟燭《ろうそく》だろうが縄だろうが手錠だろうが猿轡《さるぐつわ》だろうがなんでも頑張る…とそこまで具体的に言語化して考えているわけではないが、思考傾向としてはそのくらいの覚悟でいる結哉に和久井は目を見開いて、

「え、いいの……？　じゃあ、いつか、そういうのやってもいい？　まだ普通のHもそんなにやってないから、そういうマニア系は当分先でいいけど」

わくわくを声に滲ませる和久井に結哉は頬を染めて、

「は、はい……いつでもどうぞ……」

と小声で答えながら頷く。

照れくささを誤魔化すようにアンケート用紙をめくり、

「えっと次は『電車の中吊り広告にあるとつい目が行ってしまう言葉はどれですか？』で、

前回は『袋とじ』でしたが」

「んー、これはね、今だと『手ブラ・貝ブラ・エロ可愛い・初脱ぎ・M字開脚・パンチラ・ポロリ』のすべての言葉を見ると、電車の中だろうが速攻で結哉で妄想できるから、『袋とじ』以外に変えます」

「……」

またとんでもない回答に（……やっぱり、和久井さんて…僕が思ってたより、結構隠れ変態なのかも……）と結哉は自分のことは棚にあげて目を瞬く。

和久井はちょっと黙ってから、結哉の顔を覗き込み、

「…あれ、引いちゃった？　……なんかこの頃俺、結哉に関することだとものすごく変態になるみたいなんだよね。……こんな俺は嫌い？」

吐息が触れるような近さで囁かれ、結哉はぽぅっと頬を熱くする。

「……ううん、好きです……」

とろりと潤んだ目で見上げるとすぐに熱い舌を差し入れられた。

アンケートを落としそうになるほど夢中でキスを味わって、はっと我に返って続きを読む。

「……えっと次は『もし誰にも知られなければやってみたいプレイはどれですか？』で、前回はどれも足を踏み入れたくないって言ってましたけど」

「んー、強いて選べば、ｃの『野外』かな。碧海島の洞窟《どうくつ》Ｈが、声がわんわんしてすごい気に入っちゃったし、もっと島のあちこちでやってみたいかな」

「……」

……そ、そんなわんわんしてたのかな……あのときは夢中だったから、自分の声なんか覚えてない、と結哉はボッと赤くなる。

……でも、また和久井さんが爽やかな顔でやらしいことを言ってる……ともじもじする結哉を覗き込んで、

「あれ？　また引いた？　やっぱりこういうエロジジイな俺は嫌い？」

「……ううん、嫌いじゃないです……」

赤くなりながら首を振ると、和久井はホッと息をつく。

「よかった。……ねえ、まだ設問残ってる？」

「えっと、あと三問です。『パートナーの夜の態度として好ましいのはどれですか？』で、前回和久井さんは『昼も夜も天使の清純派』を選んでましたけど」

これは是非本音を聞きたいと振り向いた結哉に和久井はにこっと笑う。

「うん、清純派も好きです、すごく。けど、酔って押し倒してきて、『和久井さんはおとなしくいい子にしてて』とか言われるのも、ものすごく好きなので、相手が結哉ならなんでもいいです」

「!」

初めての夜のことを持ち出され、結哉は穴があったら入りたい気分になる。

あの時は夢だと思っていたし、酔っていたから自分でも信じられないほど大胆なことを言ったりやったりしてしまったが、それを今言わなくても……と結哉は和久井の膝の上で縮こまる。

でも和久井さんだって、ちょっと変態チックなときもあるし、別に全然嫌じゃないけどすこしくらいお返しに指摘してもいいかな、と結哉は和久井を見上げながら言った。

「ぼ、僕も相手が和久井さんなら、ジェントルでもエロジジイでも、どんな和久井さんでもいいです……」

しまった、ジジイなんて言っちゃった……と内心慌てる結哉に和久井はおおらかなO型らしく引っかかった様子もなく笑いながらキスしてくる。

うっとり吐息を零してから、結哉はアンケート用紙に視線を落として目尻を緩めた。

「……えっと次は、『好きな駄洒落《だじゃれ》はなんですか?』で、前回は『大地真央《だいちまお》を抱いちまお』でしたけど」

「んー、前回は適当に『大地真央を抱いちまお』って書いちゃったけど、やっぱ『嵯峨結哉を抱いちまお』に変えようかな」

にこっと笑まれて結哉は笑いを堪えながらつっこむ。

「それ、駄洒落になってません。……えっと最後の質問は『あなたの人生を幸福なものにするために大切なものはなんですか？』で、和久井さんの回答は『愛』でした」

「うん、それは変わりないです。やっぱり大事なのは『愛』だよね？」

チュッと音を立てて唇を啄《つば》まれ、結哉はじぃんと胸を熱くしながら囁いた。

「……僕も、そう思います……」

名を呼び合いながら深いキスを交わし、和久井が本格的に愛撫《あいぶ》をはじめようとしたとき、結哉は「あっ！」と叫んで和久井の膝から飛び降りる。

「和久井さん、ごめんなさい。うっかり忘れてて今思い出したんですけど、さっき、騎一先輩から和久井さんに渡すようにって預かってたものがあるんです」

「え……あいつが俺に？」

さんざんおあずけを食らわされた挙げ句に今度はなんなんだ、という顔をする和久井に気づかず結哉は冷蔵庫に貼っておいた預かり物を取ってきながら言った。

「えっと、これ、和久井さん用に即興で作った新作アンケートだそうです。いいこと思いついたから紙くれって言われて、こっそり僕に隠すようにして書いてたので内容はよくわかりませんけど、そんなにたくさん設問はなかったみたいです。たぶん和久井さんは喜ぶだろうけど、使うか使わないかは和久井さんに任せるって言ってましたけど……」

「……え、俺に任せるって……？」

結哉が昼間騎一から預かった封筒を渡すと、和久井は怪訝そうに数枚のルーズリーフを取り出して無表情に設問に目を走らせる。

全部読み終えると和久井は目を上げて結哉を見た。

表情は変わらないが、目が異様に爛々《らんらん》としているような気がして結哉は軽く怯む。

「結哉、これ、中身見た？」

「え、いいえ？　和久井さんに直接渡せって言われたので……。なんか変なこと書いてありました？　騎一先輩、妙にノリノリで作ってたような気がしますけど……」

一抹の不安を覚えて結哉が訊くと、和久井はにこやかに「ううん、平気」と首を振る。

もう一度膝に座るように手を引かれて、おとなしく座りながら、

（和久井さんへの新作アンケートってどんなことが書いてあったんだろう……）

と結哉が首を傾げて内容を訊こうとしたとき、和久井が言った。

「ねえ結哉、この『あなたがうどん屋さんで注文したいものは次のうちどれですか？』の選択肢、読み上げてくれる？」

「？　は、はい……」

また後ろから抱き込まれながら騎一の手書きのアンケートの項目を指され、結哉はわけがわからないまま読み上げる。

「a．天ぷらうどん　b．温卵うどん　c．釜揚《かまあ》げうどん　d．とろろぶっかけ」

うぐ、と背後で変な声がするので結哉は驚いて振り向く。

「和久井さん?」

「……や、なんでもない。じゃあ、次はこれ読んで?」

和久井さんの注文したいうどんはどれなのか知りたいんだけど、と思いつつ、結哉が次に示された設問を見ると、質問形式の設問ではなく『次の単語をなるべく大きな声で読んでください』と指示がある。

大きな声でって、なんでだろ……? と思いながら、

「えっと、では、読みますね。a．アナコンダ　b．バズーカ　c．斬鉄剣《ざんてつけん》　d．キャンディーバー　e．ズッキーニ」

なんの統一感もない意味不明の単語の羅列をできるだけ大きな声で読み上げると、ブッと背後で噴かれ、結哉はまた驚いて振り向く。

「和久井さん? なんかおかしかったですか……?」

「ううん、騎一って天才と思っただけ」

嬉しそうに頬ずりされて、今の単語のなにがそんなに嬉しいのかよくわからない、と結哉は内心首を捻る。

和久井がルーズリーフをめくり、

「次はね、俺から結哉に質問しろって書いてあるから、俺が読むから正直に選んでくれる?

……いくよ？
『もしあなたが和久井さんからＨの最中に次の台詞を言われたら、どれが一番嫌ですか？
a．雌犬《メスイヌ》の調教は最初が肝心だ。さあ全裸で四つんばいになり、靴を舐めてもらおうか
b．上の口では嫌だと言いながら、下の口ではこんなにうまそうに喰い締めて、淫乱《いんらん》め
c．坊やの身体はビスクドールのような肌とベルベットのような舌を持つ、まさに男を虜《とりこ》にする極上の名器だ
d．オラオラッ、アンアンよがってるだけじゃなくもっとしっかり腰振りなッ
e．愛《う》い奴じゃ、余《よ》の大砲《おおづつ》をそちの菊門にゆうるりと突き込むゆえ、よき声で啼《な》くのじゃ
f．ここやろ、ここがええんやろ、もうすっかりケツマ○コがぐちょぐちょやないけ』
……うわ、こんな言葉、人生で初めて言った。これはかなり照れくさい」
「……」
言ったあとひとしきり照れているが、読み上げている間は結構なりきって熱演していた和久井に結哉は呆然とする。
「……あの、えっと、そんなこと言う和久井さんは全部嫌いです……。さっきはエロジジイでもどんな和久井さんでもいいって言ったけど、やっぱり鬼畜や殿やオヤジや変態すぎる和久井さんは怖いから、嫌です……」
「うん、大丈夫だから、安心して？　俺もこういうこと言って萌えるタイプじゃないって

今言ってみてわかったから。これは俺の意思じゃなくて、ただ騎一が書いたアンケを読んだだけだからね？」

早口で変な弁解をして和久井はちゅっと結哉の頬にキスをしてから、

「……んー、次のこれはちょっと、酔ってないと無理かな……」

と独り言のように呟く。

「……ねえ結哉、ここなんだけど、もし嫌じゃなかったら読み上げてくれない？」

やや遠慮がちに訊かれ、結哉は和久井の指さす項目に視線を落とす。

「！」

結哉が目を瞠った設問は『もしあなたがHの最中に結哉に言われたら一番興奮するのはどれですか？』で、回答欄の選択肢にはさきほど相手が読み上げたものよりももっと目も当てられない台詞が並んでいた。

「……い、嫌……言えません、僕、こんなこと……」

真っ赤になって必死に首を振る結哉に和久井は

「こ、小声でいいからさ、言って？　ね？」

とやや息を荒くしてねだってくる。

「だ、だって……こんなこと、僕、普段だって、酔ってたって、絶対言わないし……」

「うん、わかってる、わかってるよ、もちろん。ほんとの結哉は言わないけど、でもほら、

『もし結哉が嫌がったらここを読ませてください』って書いてある」

「え……？」

あまりの羞恥に目を背けていたアンケートにチラ、と視線を戻すと、和久井の指の先に騎一の字で『結哉、仮面をかぶるのです。和久井さんのために怖《おそ》ろしい子になりなさい』というわけのわからないメッセージが書いてある。

躊躇う結哉を和久井は背後からぎゅっと抱きしめながら、

「ねえ結哉、お願い、読んで？　俺だって恥ずかしい台詞さっき読んだし、おあいこだから……ね？」

甘えた声で囁かれ、（……また和久井さんが、爽やかな顔で変態になっちゃった……）と結哉は泣きそうな顔で振り返る。

「……僕がこれ読んだら、和久井さん、ほんとに嬉しいの……？」

「うん、すごく楽しいと思う」

きっぱりと頷かれ、結哉ははぁ、と吐息を零し、死ぬほど恥ずかしいけど、和久井さんが満足するなら勇気を出して頑張ろう……と覚悟を決める。

「……あ、あの、棒読みでも許してくださいね？　僕は和久井さんみたいに熱演できませんけど、つっかかってもやり直しはなしで、一回だけしかやりませんからね？」

「うん、一回聴かせてくれれば充分。脳内で反芻するから」

「……」

すでに隠れ変態ではなく素で充分変態な恋人のために、結哉は深呼吸を数回繰り返し、完全に自分達をからかっている騎一を恨みながら意を決して読み上げた。

「……で、では、行きます……。えっと……、

『a．おち○ぽナメナメして先っぽレロレロして？

b．タマタマモミモミしてタプタプしてあむあむして？

c．お尻ペロペロして穴ヌレヌレにしてベロでヌコヌコして？

d．『ジンジン』の鈴口で『ユイユイ』のおっぱいグリグリして、お口でチュパチュパしてカミカミして？

e．フン、なかなか立派なお道具ぶらさげてんじゃねえかよ、さっさとギンギンにおっ勃てて、早くズコズコ奥まで突っ込んでビュクビュク中にかけやがれっ』……！」

酔ってもいないのにありえないほどキャラの違う台詞を言わされ、究極の羞恥プレイに両手で真っ赤な顔を覆った結哉をガッと抱き上げると、和久井はダダダッと寝室へ走った。

「まだアンケート残ってるんだけど、先に結哉のことペロペロしてカミカミしてあむあむしてズコズコさせて…っ…？」

「和久井さっ……！」

ロリ系とビッチ系のどっちに興奮したのか定かではないが、ひとまず全部ときめいたら

しく、和久井は結哉を抱いたままベッドへダイブし、唇を貪《むさぼ》りながら服を剝ぎ取る。

「わ、和久井さっ…待ってて、おねがい落ち着いてっ…、違うから、あの選択肢はただ読んだだけだからっ！　ほんとに僕がやっててっておねだりしたわけじゃ…ぁんっ……！」

裸に剝かれて乳首に吸いつかれ、アンケートに忠実にいやらしい擬音を立てる和久井に結哉は悲鳴をあげる。

「ダ、ダメ、和久井さんっ…やっ、やめて、そんなふうにチュパチュパしないでっ……！」

吸われてないほうの乳首も執拗《しつよう》にクリクリ揉まれ、読むのも恥ずかしかった選択肢すべてを実践されたらどうしよう……！　と結哉は焦る。

「だってもう、結哉が可愛い声でエロいことといっぱい言うの聞いてたら、俺の斬鉄剣がギンギンにおっ勃っちゃったし」

完全におかしくなっている和久井に結哉は涙目で首を振る。

「和久井さんっ、騎一先輩に乗せられすぎだからっ……！　あの、おねがいだから、普通にやって……？　アンケみたいなこと、恥ずかしいからやらないでっ……！」

和久井は乳首を舌で転がしながら、結哉の片膝を立てさせてお気に入りの膝頭を撫で回す。

「……あの選択肢のどれがいや？」

「……え、そ、それは、えっと、す、鈴口で乳首グリグリは絶対ダメだし…お、お尻ペロペロして、舌でヌコヌコも、絶対ダメ……あの、おねがい、普通にジェルとかで……」

なんでこんなことを口に出して……と真っ赤になりながら、押さえ込まれている身体を必死に捩って片手でローションのボトルを取ろうとすると、くるっと裏返されて四つんばいにさせられ、尻たぶに頬ずりされる。

「『結哉のお尻はビスクドールのように白く、ベルベットのように滑らかな肌触りだ』」

変態貴族風の美声で囁かれ、

「！　わ、和久井さんっ、もうおねがいだから、それ早く頭から追い出して！　そういうマニアなプレイは当分先でいいって、さっき言ってたのに……あぁっ…やんっ…！」

奥まった場所を熱い舌でねっとりと舐め上げられ、結哉はビクッと身を竦める。

「……けど、結哉さっき生クリームプレイはいつでもどうぞって言ってくれたよね？　今は生クリーム泡立てる暇がないから、今日は『擬音と変な台詞プレイ』にしようね？　結哉はさっきみたいな擬音いっぱい言って？」

「…そ、そんな…あっ、あんっ、や、そんなとこ舐めちゃダメ…っ…！　あっ…くぅ…！」

弾力のある濡れた舌が中に入ってきて、結哉はシーツを摑んでガクガク震える。

それは恥ずかしいから絶対ダメと言ったのに、和久井は中まで濡らすように舌を動かしてくる。

「んっんっ…やっ…和久井さっ…ダメ、ほ、ほんとに、ヌコヌコしちゃやだっ……あぁっ

「…ま、前も、にぎにぎしちゃだめっ……！　ぬちゃぬちゃって、濡れちゃうっ……！」

遠慮のない卑猥《ひわい》な愛撫に身悶えながら、それでも必死に恋人のリクエストに応えようとすると、

「うわ、やばい、擬音めっちゃ可愛い……、『ジンジンの大砲でユイユイのビスクドールのようなお尻にビュクビュクぶっかけてもええか？　ええやろ？』」

「わ、和久井さんっ、いろいろ混じっちゃってすごい変だからっ…お、おねがいっ、早くジェントルに戻って…っ…あ、あっ…ズブズブ、入って、くるっ……！」

奥まで穿《うが》ってくる硬い性器が弱いところを擦り上げた瞬間内壁がキュウッと締めつけたらしく、背後から感じ入ったような声で、

「…は……『こんなにきつく喰い締めて、結哉の身体は俺を虜にする極上の名器だ』……」

「だっ、だから和久井さんっ、もうそれやめてっ……あんっ、そこ、そんなグリグリってされたら、どぴゅどぴゅって、出ちゃうっ……！」

その夜、騎一のアホエロアンケに踊らされたふたりは、誰も止める者がいないと人はどこまで愚かになれるのか実証するような珍妙なプレイで睦《むつ》みあったのだった。

END

あとがき

こんにちは、小林典雅《こばやしてんが》です。本作は『嘘と誤解は恋のせい』の陰の功労者・騎一《きいち》が主役の番外編ですが、前作をご存じなくても大丈夫です。毎回読後元気が出る話を目指してるんですが波長が合わなかったらすみません。昔から男も子供が産めたらいいのに、と思っていて、まさか通るとは思わず軽く口にしたところ担当様がめっちゃ食いついて下さり、「BL的にマズいんじゃ…」と及び腰の私に「大丈夫、いろんなBLがあっていいし、典雅作品的にこれもアリです」と攻め気で励ましてくれたのでほんとに書いてしまいました。変なこと考えるなぁハハと寛大に読んでいただけたらと祈っています…。私の話はよく「舞台劇みたい」と評されるのですが、今回は騎一が劇団員ということもあり、いつにもまして台詞劇っぽくなってしまいました。読者様から「騎一をゲイに目覚めさせて下さい」「騎一はノンケでいいです」「騎一は受がいいor攻ですよね」とバラバラのリクエストをいただき、サービス精神過剰なO型として（全部を満たすにはどうしたら…）と悩んだ結果こんな話になりました。騎一は和久井《わくい》に比べて変態でも妄想キャラでもない根はまともな奴なので（受胎するけど）、恋愛は王道にしてみました。題材がデリケートなものを含むので、いつもよりはっちゃけ度を抑えましたが、もし読後シベブリの舞台を観てみたいな、なんて思っていただけたら嬉しいです。オマケで和久井と結哉《ゆいや》の後日談も載せていただきました。小説花丸初夏の号の付録ＣＤの脚本に加筆したものです。ＣＤ版はキャスト様の演技が本物のバカップルかと錯覚するほど素晴らしく、結哉役の近藤《こんどう》隆《たかし》氏は（なんだ、このブリ可愛い声を出せる三十一歳男性は…）と戦慄するほど、和久井役の三《み》浦《うら》祥朗《ひろあき》氏は超絶美声で「パンチラ」とか（本編ＣＤではもっと素敵なことも）沢山言って下さいました。未聴の方は機会がありましたら是非ご一聴を。付録ではＨが寸止めだったので、ここを加筆せねば！と頑張りました。もし本当に脚本に書いていたらキャスト様に顔向けできない台詞をばんばん書いてしまい、ドン引きされたらすみません。私どうかしてました。

　セオリー度外視の番外編を書かせて下さった花丸編集部様、担当Ｕ様、前回に続き素敵な挿画を描いて下さった小《お》椋《ぐら》ムク先生に心から感謝いたします。

　次回はなんとついに花丸ＢＬＡＣＫに進出！　しません。最後まで気を抜かずに仕掛けてみました。どうか寛容に騙され感を楽しんでいただけますように。

Hanamaru Bunko

作家・イラストレーターの先生方へのファンレター・感想・ご意見などは
〒101-0063 東京都千代田区神田淡路町2-2-2
白泉社花丸編集部気付でお送り下さい。
編集部へのご意見・ご希望などもお待ちしております。
白泉社のホームページはhttp://www.hakusensha.co.jpです。

白泉社花丸文庫
恋する遺伝子～嘘と誤解は恋のせい～

2010年9月25日　初版発行

著　者　小林典雅©Tenga Kobayashi 2010
発行人　酒井俊朗
発行所　株式会社白泉社
〒101-0063 東京都千代田区神田淡路町2-2-2
電話 03(3526)8070(編集)
03(3526)8010(販売)
03(3526)8020(制作)
印刷・製本　株式会社廣済堂
Printed in Japan　HAKUSENSHA　ISBN978-4-592-87639-7
定価はカバーに表示してあります。